杨武能译
德语文学经典

悉达多
——印度诗篇

〔德〕赫尔曼·黑塞 著
杨武能 译

商務印書館
The Commercial Press
创于1897

献给可敬的朋友罗曼·罗兰

序一

《杨武能译德语文学经典》序

王　蒙

　　熟知杨武能的同行专家称誉他为学者、作家、翻译家"三位一体",眼前这二十多卷《杨武能译德语文学经典》收德语文学经典翻译,足以成为这一评价实实在在的证明。身为大学教授和博士生导师的杨武能,尽管他本人早就主张翻译家同时应该是学者和作家,并且身体力行,长期以来确实是研究、创作和翻译相得益彰,却仍然首先自视为一名文学翻译工作者,感到自豪的也主要是他的译作数十年来一直受到读者的喜爱和出版界的重视。搞文学工作的人一生能出版皇皇二十多卷的著作已属不多,翻译家能出二十多卷的个人文集在中国更是破天荒的事。首先就因为这件事意义非凡,我几经考虑权衡,同意替这套翻译家的文集作序。

　　至于杨教授为数众多的译著何以长久而广泛地受到喜爱和重视,专家和读者多有评说,无须我再发议论了。我只想讲自己也曾经做过些翻译,深知译事之难之苦,因此对翻译家始终心怀同情和敬意。

　　还得说说我与杨教授个人之间的交往或者讲情缘,它是我写这篇序的又一个原因,实际上还是更直接和具体的原因。

前排左一为中国作家协会副主席冯牧,左五为中宣部副部长周扬,左七为对外文委主任林林;二排左三为王蒙,左五为德国大诗人恩岑斯贝格;三排左二为杨武能

陪德国作家游览十三陵

1980年,我奉中国作家协会指派,全程陪同一个德国作家访问团,其时还在中国社会科学院跟冯至先生念研究生的杨武能正好被借调来当翻译。可能这是访问我国的第一个联邦德国作家代表团吧,所以受到了格外的重视。周扬、夏衍、巴金、曹禺等先后出面接待,我和当时的小杨则陪着一帮德国作家访问、交流、观光,从北京到上海,从上海到杭州;到了杭州,记得是住在毛主席下榻过的花家山宾馆里。

一路上,中德两国作家的交流内容广泛、深入,小杨翻译则不只称职,而且可以说出色,给德国作家和我们留下了深刻印象。我和他当时都还年轻,十多天下来接触和交谈不少,彼此便有所了解。后来尽管难得见面,却通过几次信,偶尔还互赠著作,也就是仍然彼此关注,始终未断联系。比如我就注意到他一度担任四川外语学院的副院长,在任期间发起和主持了我国外语

2018年,中国现代文学馆马识途百岁书法展,老哥儿俩最近的一次喜相逢

界的第一次大型国际学术研讨会；知道他因为对中德文化交流贡献卓著，获得过德国国家功勋奖章和歌德金质奖章等奖励；知道他前些年在广西师范大学出版社出版《杨武能译文集》，成为我国健在的翻译家出版十卷以上大型个人译文集的第一人，如此等等。不妨讲，我有幸见证了杨武能从一名研究生和小字辈成长为著名译家、学者、教授和博导的漫长过程。

杨教授说，像我这么对他知根知底且尚能提笔为文的"前辈"，可惜已经不多，所以一定要把为文集写序的重任托付给我。我呢，勉为其难，却不能负其所托，为了那数十年前我们还算年轻的时候结下的珍贵情谊！

序二

文学经典翻译与翻译文学经典

许 钧*

近读乔治·斯坦纳的《巴别塔之后——语言与翻译面面观》，书中有这么一段话："为了接近古人，得到精确的回响，每一代人都会出于这种强烈的冲动重译经典，所以每一代人都会用语言构筑起与自己相谐的过去。"①重译经典，在我看来，绝不仅仅是为了接近古人、构筑过去，而更是赋予古人以新的生命。文学经典的重译，就其根本意义而言，是文学经典重构与生成的过程。我一直认为，一部好的文学作品，一定呼唤翻译，呼唤着"被赋予生命的解读"。没有阐释与翻译，作品的生命便会枯萎。是翻译，不断拓展作品生命的空间，延续作品生命的时间。以此观照商务印书馆即将推出的《杨武能译德语文学经典》，我想向德语文学经典新生命在中国的创造者、杰出的翻译家杨武能先生致以崇高的敬意。

---

* 浙江大学文科资深教授，中华译学馆馆长。
① 斯坦纳.巴别塔之后——语言与翻译面面观［M］.孟醒，译.杭州：浙江大学出版社，2020：34.

一个杰出的翻译家,需要具有发现经典的眼光。我和杨武能先生相识已经快35个年头了。1987年,我在南京大学读研究生,主攻文学翻译与研究,那时杨武能先生因为重译了郭沫若先生翻译过的《少年维特之烦恼》,在国内文学翻译界声名鹊起,影响很大。时年5月,南京大学召开中国首届研究生翻译研讨会,南京大学研究生翻译学会让我与杨武能先生联系,我便向他发出了诚挚的邀请,恭请他出席研讨会做主旨报告,指导后学。那次报告的具体内容我已经记不清了,但我永远忘不了在会议期间的交谈中他叮嘱我的一句话:"做文学翻译,要选择经典作家。"选择,意味着目光与立场。梁启超曾在《变法通议》中专辟一章,详论翻译,把译书提高到"强国第一义"的地位。而就译书本

1985年,南京大学召开中国首届研究生翻译研讨会,我和杨先生及会议主办者合影于南京大学大门前。中间者为杨先生

身,他明确指出:"故今日而言译书,当首立三义:一曰,择当译之本;二曰,定公译之例;三曰,养能译之才。"梁启超所言"择当译之本",便是"译什么书"的问题。他把"择当译之本"列为译书三义之首义,可以说是抓住了译事之根本。回望杨武能先生60余个春秋的文学翻译历程,我们发现,从一开始他就把"择当译之本"当成其翻译人生的起点与基点。选择经典,首先要对何为经典有深刻的理解。文学经典,是靠阅读、阐释与翻译不断生成的。一个好的翻译家,不仅要对经典有自己独到的理解与领悟,更要在准确把握原文意义的基础上,把原文的精神与风貌生动地表现出来,让文学经典成为翻译经典。60余年来,杨武能先生翻译了近千万字的德语文学作品,无论是古典主义的《浮士德》、浪漫主义的《格林童话全集》、现实主义的《茵梦湖》,还是现代主义的《魔山》,每一部都堪称双重的经典:文学的经典与翻译的经典。首创性的翻译,是一种发现;成功的重译,是一种超越。我曾在多个场合说过,翻译,是历史的奇遇。一部好的作品,能遇到像杨先生这样好的译家,那是作家的幸运,也是读者的幸运。

  一个杰出的翻译家,需要具有创造的能力。发现经典、选择经典是文学翻译的起点,而要让原作在异域获得新的生命,则需要译者付出创造性的劳动。莫言在诺贝尔奖颁奖典礼上发表感言时说:"我还要感谢那些把我的作品翻译成世界很多语言的翻译家们,没有他们创造性的劳动,文学只是各种语言的文学,正是有了他们的劳动,文学才可以成为世界的文学。"创造性,是翻

1985年《译林》创刊5周年招待会上,与杨先生及诗人兼翻译家赵瑞蕻合影,左二为杨先生

译应具有的一种精神,也是历代译家所追求的一种境界。杨武能先生深谙翻译之道,他知道,一部文学佳作要在异域重生,需要翻译家发挥主体性,不仅译经典,更要还它以经典。早在1990年,他就撰写了《文学翻译与翻译文学:兼论翻译即阐释》一文,在文中明确区分了文学翻译与翻译文学的概念,指出:"要成为翻译文学,译本就必须和原著一样,具备文学一样的美质和特性,也即除了传递信息和完成交际任务,还要具备诸如审美功能、教育感化功能等多种功能,在可以实际把握的语言文字背后,还会有丰富的言外之意,弦外之音,以及意境、意象等难以言传、只可意会的玄妙的东西。"[①]基于这样的认识,他对文

---

① 杨武能.译翁译话[M].杭州:浙江大学出版社,2020:279.

学翻译应达到的高度有着自觉和积极的追求。他认为,"面对复杂、繁难、意蕴丰富、情志流动变换的原文",译者不能"消极地、机械地转换和传达或者反映",应该主动"深入地发掘、发扬和揭示"。为此,他调遣各种可能,去创造性地重现《少年维特的烦恼》中蕴含的多重情致与格调,传达《魔山》独特的哲理性与思辨性,"再现大师所表达的丰富深刻的思想、精神,感受,再创杰作所散发的巨大强烈的艺术魅力"(见《译翁译话》第82页)。

　　一个优秀的翻译家,应该具有不懈求真的精神。杨武能先生译文学经典有一个明确的目标,就是要"创造传之久远的、能纳入本民族文学宝库的翻译文学,要创造美的翻译和美玉、美文"(见《译翁译话》第19页)。文学翻译,要具有文学性,具有审美特质,具有美的感染力。作为一个优秀的翻译家,杨武能先生清醒地知道,当下的文学翻译界对于"美"的认识存在着不少误区,甚至有的把翻译之"美"简单地等同于辞藻华丽。他强调说明:"我翻译理念中的'美',指的是尽可能充分、完美地再创原著所拥有的种种文学美质。而非译者随心所欲地想怎么美就怎么美,更不是眼下一些人津津乐道的所谓的'唯美'。"(见《译翁译话》第19页)换言之,追求翻译之美,在于追求翻译之真,需要有求真的精神。再现美,首先要把握原作的美学价值与审美特征,为此必须对原作有深刻的理解。杨武能先生在文学翻译中始终秉承科学求真的精神,对拟译的文本、作家有深入的研究、不懈的探索,坚持在把握原文的精神、风格与特质的基础上再现原作之美，以达到形神兼备。翻译与研究互动，求真与求美融通，构成了杨武能先生文学翻译的一大特色，也因此铸就了杨武能先生翻译的伦理品格。

发现经典、阐释经典、再创经典，这便是杨武能先生的文学翻译之道。杨武能先生的译文，数量之巨、涉及流派之多、品质之高、影响之广，难有与之比肩者。开风气之先，以翻译不断拓展思想疆域的商务印书馆陆续推出《杨武能译德语文学经典》，这在中国的文学翻译出版史上是件大事，可喜可贺。在《杨武能译德语文学经典》即将与读者见面之际，杨先生嘱我写序，我欣然从命。一是因为我们有特殊的校友之情，在南京大学建校110周年之际，我曾写过一篇文章，题目叫《一直引着我前行——我心中的杰出校友杨武能先生》，对这位前辈校友，我心存感激：

2018年，中国翻译史上的大事件：中华译学馆成立！照片中前排左一为唐闻生，左三为杨先生，左二为本人

在我的翻译与翻译研究之路上，在我前行的每一个重要的路段，在我收获的每一个重要的时刻，都有他留下的指引的闪光。南京大学有幸有杨武能先生这样杰出的校友，他的杰出不仅仅在于他卓越的学术建树、他在国际日耳曼学界广泛的影响，更在于他在与后学的交往中所体现出的一种榜样的力量。二是因为我深知这是一份重托：前辈的文学翻译之路，需要一代代新人继续走下去；前辈的翻译精神，需要后辈继承与发扬。让我们从阅读《杨武能译德语文学经典》开始，追随杨武能先生，以我们用心的细读和深刻的领悟，参与经典的重构，让外国文学经典在中国的新生命之花更加灿烂。

2021年8月1日于南京黄埔花园

自序

天时·地利·人和
成就译翁"一世书不尽的传奇"

杨武能

我应约写过一篇《我的外语生涯》[①],回顾自己半个多世纪学外语、教外语、担任外语学院领导,以及使用外语做学术研究和进行国际文化交流的点滴往事和心得,以庆祝中国共产党成立100周年。这回我再写一文介绍我的翻译生涯,作为即将面世的《杨武能译德语文学经典》的自序。

60多年以外语为生存手段,教书和学术研究是我的本职工作,说多重要有多重要;然而,我毕生心心念念的却是文学翻译,梦寐以求的是成为一名文学翻译家兼作家,文学翻译才是我真正的志趣、爱好和事业。眼前这套《杨武能译德语文学经典》,乃我60多年心血的结晶。它犹如一棵树冠如盖的巨树,树上结满了鲜艳夺目、滋味鲜美、营养丰富的果实;它长在一片土壤肥美、风调雨顺的大园子里。这座历史悠久的名园叫:商务印书馆!

---

① 选自:王定华,杨丹.人类命运的回响——中国共产党外语教育100年[M].北京:外语教学与研究出版社,2021.

开编新闻发布会上，巴蜀译翁杨武能分享从译60多年的经历与感悟

"译协影子会长"、译林出版社老社长李景端，一口气举出译翁创下的15项第一[1]

小子我从译之路漫长、曲折、坎坷，且不乏传奇色彩[2]。浙江

---

[1] 除了李景端，还有中国译协常务副会长黄友义先生和中华译学馆馆长许钧教授做了长篇视频致辞。

[2] 凤凰卫视2021年做了一期总题名为《译者人生》的专访，经"译协影子会长"李景端推荐，老朽被访了差不多一个星期，因为"他的故事多"。

大学出版社2020年出版的《译翁译话》、四川文艺出版社2017年出版的《译海逐梦录》和湖北教育出版社2000年出版的《圆梦初记》,都详述了我做文学翻译的经历和心路历程,这篇序文只摘取几个最奇异的片段,侧重说说我当文学搬运工一个多甲子的心得和感悟。一个多甲子啊,有几人熬得过……①

走投无路的选择

巴蜀译翁杨武能生于抗日战争全面爆发第二年的1938年,11年后新中国诞生时刚小学毕业。尽管当工人的父亲领着我跑遍山城重庆的包括教会学校在内的一所所中学,还是没能为他的儿子争取到升学的机会。失学了,12岁的小崽儿白天在大街上卷纸烟卖,晚上却步行几里路去人民公园的文化馆上夜校,混在一帮胡子拉碴的大叔大伯中学文化,学政治常识,学讲从猿到人道理的进化论。是父亲基因强大,我自幼便倾心于读书上学。

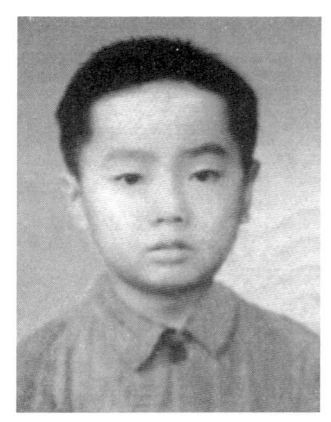

农民的孙子、工人的儿子,儿时的巴蜀译翁杨武能

眼看我要跟父亲一样当学徒工

---

① 一个多甲子从我得到李文俊、张佩芬提携,在《世界文学》发表译作算起,此前的小打小闹就不算啦。

重庆育才学校学生

了,突然喜从天降:第二年秋天,在父亲有幸成为其联络员的地下党帮助下,我"考取了"人民教育家陶行知创办的育才学校,进了重庆解放初唯一一所不收学费还管饭的学校!

在育才,我不仅圆了求学梦,还懂得了做人的道理。老师告诉我们要早日成才服务社会,还讲我们的目标就是实现电气化。于是我立志当一名电气工程师,梦想去建设想象中的三峡水电站。

毕业40年后回母校拜谒陶行知老校长

谁料,初中毕业时,一纸体检报告判定我先天色弱,不能学理工,只能学文,梦想随即破灭。1953年我转到重庆一中念高中,还苦闷彷徨了一年多,其间曾梦想学音乐当二胡演奏家或者歌唱家,结果也惨遭失败。后幸得语文老师王晓岑和俄语老师许文戎启迪、引导,才在走投无路的情况下选学外语,确立了先做翻译家再当作家的圆梦路线。

1956年秋天,一辆接新生的无篷卡车把我拉到北温泉背后的山坡上,进了

高中学生杨武能

西南俄文专科学校。凭着在育才、一中打下的坚实的俄语基础,我半年便学完一年的课程跳到了二年级。

重庆一中毕业照(前排右一为王晓岑老师,右二为潘作刚老师,右四为唐珣季老师,右五为甘道铭校长,右六为刘锡琨副校长,右七为张富文老师,右八为陈尊德老师,右九为团委书记方延惠,右十为许安本老师,三排右三为我)

西南俄专，1957年元旦

与同班同学刘扬体等游北温泉公园

因祸得福出夔门

眼看还有一年就要提前毕业，领工资孝敬父母，改善穷困的家庭生活，谁知天有不测风云：牢不可破的中苏友谊破裂了，学俄语的人面临"僧多粥少"的窘境。于是我被迫东出夔门，顺江而下，转到千里之外的南京大学读日耳曼学，也就是德国语言文学，从此跟德语和德国文化结下不解之缘。这一做梦也没想到的挫折，事后证明跟因视力缺陷不能学理工才学外语一样，又是因祸得福。

须知单科性的西南俄专，无论是硬件还是软件，都远远无法与老牌综合性大学南京大学相比。而今忆起在南大五年的学习生活，尽管远在异乡靠吃助学金过活的穷小子受了不少苦，仍感觉如鱼得水般地畅

南京大学学子

同班同学秋游中山陵,前排左三为挚友舒雨

本人是那个穿破裤子的裁判,注意:补丁是自己一针一针缝上去的

快,因为有了实现理想的条件和可能嘛。

要说南大学习条件优越,仅举一个例子为证:

搞文学翻译,原文书籍的获得和从中挑选出有价值的作品,

实乃第一件大事;没有可供翻译的原文,真叫"巧妇难为无米之炊"。作为南大学子,我身在福中。师生加在一起不过百人的德语专业,拥有自己的原文图书馆不说,还对师生一律开架借阅。图书馆的藏书装满了西南大楼底层的两间大教室,整个一座敞着大门的知识宝库,我呢,好似不经意就走进了童话里的宝山。

更神奇的是,这宝山也有个"小矮人"守护!别看此人个头矮小,却神通广大,不仅对自己掌管的宝藏了如指掌,而且尽职尽责,开放时间总是坚守在自己的位置上,对师生的提问一一给予解答。从二年级下学期起,我几乎每周都得到这"小老头儿"的服务和帮助。起初我只是感叹、庆幸自己进入的这所大学真是个藏龙卧虎之地!日后才得知这位其貌不扬、言行谨慎的老先生,竟然是我国日耳曼学宗师之一的大学者、大作家陈铨。

不过我在南大的文学翻译领路人并非陈铨,而是叶逢植。20世纪五六十年代,叶老师

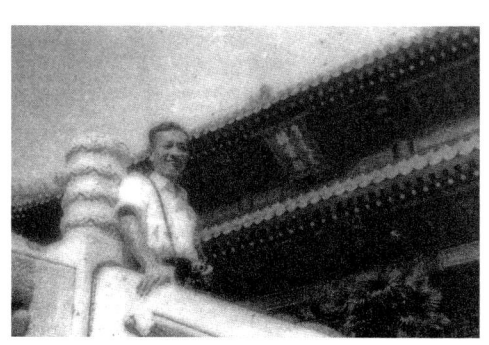

风华正茂的叶逢植老师

1982年陪叶老师走海德堡哲人之路

尚未跻身外文系学子崇拜的何如教授、张威廉教授等大翻译家之列。不过，我们班的同学仍十分钦慕他，对他在《世界文学》发表的译作，如席勒的叙事诗《伊璧库斯的仙鹤》和广播剧《人质》等津津乐道，引以为荣。

正是受叶老师影响，我才上二年级就尝试搞翻译，也就是当年为人所不齿的"种自留地"。1959年春天，《人民日报》发表了我翻译的非洲民间童话《为什么谁都有一丁点儿聪明？》，对我而言不啻翻译生涯中掘到的"第一桶金"。巴掌大的译文给了初试身手的小子我莫大鼓舞，以至一发不可收拾，继续在小小的"自留地"上挖呀，挖呀，挖个不止，全然不顾有可能戴上"资产阶级名利思想严重"和"走白专道路"的帽子。

真叫幸运啊，才华横溢又循循善诱的叶老师在一、二年级教我德语和德语文学。在他手下，我不只打下了坚实的语言基础，还得到从事文学翻译的鼓励和指点，因此在那个物质和精神都极度匮乏的困难年代，我们之间建立起了相濡以沫的深厚情谊。

小译者发表习作的大刊物

可怜，待分配的肺痨书生！

《译翁译话》第一辑《译坛杂忆》，详述了鄙人"种自留地"拿稿费改善自己和父母经济生活，以及后来在叶老师指引下在《世界文学》刊发德语文学经典翻译习作的情况。想当年，中国发表文学翻译作品的期刊，仅有鲁迅创刊、茅盾主编的《世界文学》一家，未出茅庐的大学生杨武能竟一年三中标，实在不易。

南大德文专业1962年毕业照（前排右五为学生们敬爱的郭影秋校长，右四为系主任商承祖，右三为张威廉教授，右二为林尔康老师，右一为马君玉老师；二排右一为帅哥关群，右二为"痨病鬼"，右三为刘大方，右四为贾慧蝶，右五为张淑娴，右六为小三姐舒雨，右七为团支书曹志慕，右八为志愿军大哥何平谷，右九为王志清大哥，右十为"二胡"潘振亚，右十一为班长张复祥；后排左一为秦祖镒，左二为张春富，左三为杨明，左四为篮球健将陈达，左五为沈祖芳，左六为林尧清，左七为张至德，左八为马明远，左九为华宗德）

就这样，还在大学时代，我连跑带跳冲上了译坛，可也为此付出了沉重代价：毕业前一年，我患了肺结核，住进了郭影秋任校长的南大在金银街5号专为学生设立的疗养所。

1962年秋天毕业却因病不得分配，我寂寞、痛苦地在舒雨的陪伴下①等待了几个月，才勉强回到由西南俄专发展成的四川外语学院报到。

毕业后头两年我还在《世界文学》发表了《普劳图斯在修女院中》和《一片绿叶》等德语古典名著的翻译。

谁料好景不长，1965年中国唯一一家外国文学刊物《世界文学》停刊了，接着就是十年"文革"，我的文学翻译梦遂成泡影，身心堕入了黑暗而漫长的冬夜。

否极泰来说"文革"

译翁对"文革"深恶痛绝，它不但粉碎了我做文学翻译家的美梦，还给年纪轻轻的小教员我扣上"反动学术权威"的帽子，仅仅因为我译过几篇古典名作而已。我父亲更惨，莫名其妙地就从革命群众变成"历史反革命"，被勒令到长寿湖学习改造，儿子自然也被划入了"黑五类"另册。业务再好，教学再努力，我当个小小教研室主任前边也得加个"代"字，真是倒霉到了极

---

① 舒雨，我的南大同班同学。身为老舍先生的三女儿，她身份显赫，生活优裕，却偏偏青睐我这个四川"小瘪三"。《译海逐梦录》里有一篇《小三姐》，写她为什么会陪我待分配，以及我在长江边上与她洒泪分别的情景。

1978年冬天，在导师冯至温暖的书房

1982年秋第一次到德国出席学术会议，会后随恩师冯至、叶逢植游览慕尼黑

点，憋屈到了极点！

正是太憋气、太受气，我才忍无可忍，才在1978年以40岁的大龄破釜沉舟：已经获得的讲师头衔不要了，抛下即将生第二个孩子的弱妻和尚年幼的女儿，愤而投考中国社会科学院冯至教授的研究生！

结果呢，我鲤鱼跳龙门，摇身一变成了歌德学者，成了"翰林院黄埔一期"[①]的一员！

若不是"文革"逼我铤而走险，十有八九小子我还是一名德语教员，充其量也就能奋斗进黄永玉老爷子所谓"满街走"的教授队列。

"文化大革命"把偌大

---

① "翰林院"系中国社会科学院研究生院当年的谑称。1978年恢复研究生制度，在"人才难得的呼喊声中"，许多被"文革"耽误、埋没的知识精英蜂拥进了社科院研究生院，在温济泽老院长的操持下，它的"黄埔一期"真出了不少将帅之才。

一个中国生生变成了文化荒漠。浩劫过后接着是文化饥渴,小子我生逢其时,交了好运,在人民文学出版社孙绳武和绿原前辈帮助下翻译出版了《少年维特的烦恼》,恰如灾荒年推到市场上一大筐新烤出来的面包,"饥民"们一阵疯抢,借着前辈郭老的余威,小子暴得大名!随后译作、著作便一本接一本上市喽。

时也,命也!

《少年维特的烦恼》部分杨译本(包括捐赠了稿费的盲文本)

经过这场浩劫,党和政府毅然拨乱反正,实行改革开放,为中华腾飞打下了坚实基础,小平同志居功至伟。我家里摆着两尊伟人铜像:一尊为毛泽东,一尊为邓小平!

祸兮福兮忆抗战
——亲爱的"下江人"

我出生在抗日战争全面爆发的第二年,依稀记得大人抱着我躲警报的情景,刚懂一点点事就切齿痛恨日本鬼子狂轰滥炸我的家园,永世不忘国家民族的深仇大恨!

抗战期间，陪都重庆经济文化空前繁荣，小小年纪的我同样受益匪浅。这里我讲一个非亲历者体会不到的例子：

抗战时期逃难到大后方的有许多"下江人"，也就是江浙、京沪乃至东三省的上层人士和文化精英。抗战期间，难民们受到四川的庇护、款待，对包括重庆在内的第二故乡四川怀有深深的感恩之情。前不久我读到叶逢植老师的一部未刊德语回忆录，说他们从四川回南京后自然形成了一个讲四川话的小圈子，大家都以到过四川为荣，彼此格外亲切。我长大后浪迹南京、北京，涉足文坛遇到许多恩人贵人，从恩师冯至先生到挚友老舍的三女儿舒雨和她的丈夫潘武一，从亦师亦友的译坛领路人叶逢植到忘年之交英语兼德语翻译家傅惟慈，从高风亮节的诗人、翻译家兼编辑家绿原到作家、翻译家冯亦代，等等。这些在我从译和治学路上扶持、提携我，有恩于我的人，他们的一个

冯亦代三不老胡同听风楼中的座上客

鲁迅文学奖翻译奖评议组组长绿原和他的组员杨武能

共同点便是饮过川江水的"下江人"。我忍不住要述说自己这一特殊经历、感受,因为老头子不讲,再过一些年恐怕没有谁会再知道和再想起讲这些亲爱的"下江人"啦!

京城有巴蜀游子的两个落脚点:一个在舒雨、潘武一灯市西口的家中,一个在傅惟慈四根柏胡同的小院里。左一为傅教授的儿女亲家叶君健

人生路漫长曲折,祸福无常,祸福相倚。鄢翁60多年的译著生涯,每每印证此理。多有"山重水复疑无路"的困顿迷茫,绝望挣扎,接着总会"柳暗花明又一村",眼前豁然开朗,心中欣幸欢悦。此时此刻此情此景,每一个不惧艰险、不懈奋进的追求者,都会像浮士德博士一样喊出:你真美啊,请停一停!

鄢翁咬牙在从译之路上奔波、跋涉,一次次跌倒了再爬起来,方有今日之光景。但柳暗花明和跌倒了再爬起来,打拼出新的局面,没有幸逢一位位恩人、贵人,那是不可能的!

格林童话助我"返老还童"

回眸一个多甲子的文学翻译生涯,无论如何也不能不说说译林出版社和它1993年推出的《格林童话全集》。而今,杨译格林童话在读者中的影响,已经超过杨译《少年维特的烦恼》和《浮士德》,为我赢得的老少粉丝数以亿计。不仅如此,《格林童话全集》帮助我"返老还童",使我这棵翻译"老树"在风风雨雨半世纪之后又发出了"新枝"。这个情况,当然早已为业内注意到,于是我慢慢被视为译介少儿作品的好手,因此收到了各式各样的约请。

2007年,经儿童文学理论家王泉根教授推荐,我应邀担任湖南少年儿童出版社"全球儿童文学典藏书系"的"翻译专家委员会委员",不但接受组织德语作品翻译的委托,自己也承担和完成了《七个小矮人后传》和《胡桃夹子》等几本小书的翻译。书虽说单薄,跟我已出版的大多数译著相比微不足道,却是我进入新的年龄段即70岁后的第一批成果,不但使我重温了20年前翻译《格林童话》的美妙滋味,还认识到为孩子们干活儿的非凡意义。不再做翻译的决心动摇了,我开始考虑在保持健康的前提下,力所能及地再为孩子们做点事。

恩德此书被誉为德语文学的现代经典,貌似童书,却有点《浮士德》《西游记》的味道

2010年，以出版少儿读物享有盛誉的二十一世纪出版社找到远在德国的我，约我翻译德国当代著名儿童文学作家普罗斯勒的《大帽子小精灵霍柏》与《霍柏和他的朋友毛球儿》。为考验该社诚意，我提出相当高的签约条件，不想他们慨然应允，这就使我再也脱不了手。两本小书交稿后，他们又请我重译已故当代德国儿童文学大师米切尔·恩德的代表作《永远讲不完的故事》和 Momo。我查了资料，发现这两本书的旧译不但广为流传，而且译者都是熟人，因此颇感为难。我把疑虑告诉了联系人，得到的回答却是请我重译一事已经过慎重考虑，决定系由社长张秋林本人做出，只因他喜欢我的译笔①。思考再三，几经踌躇，我终于决定接受约请，理由是应该以广大小读者的接受为重，以大师恩德杰作的传播为重，而不能太在乎个人的得或失②。

我为二十一世纪出版社翻译的童书很多，这里只展示《永远

如同 Momo，此书是批判后工业社会的生态小说

---

① 前些年，秋林曾代表台湾地区某出版社约我译恩德的《如意潘趣酒》。

② Momo 在20世纪八九十年代就有中译本，我印象最深的是译林出版社资深编辑赵燮生的《莫莫》，因为燮生邀我为它写过序。二十一世纪出版社的重译本《毛毛》也许译名取得巧，结果后来居上。我重译了 Momo，尽管煞费苦心把译名变成了《嫫嫫》，还是未能免掉麻烦和困扰。不过这只是一点点不值一提的鸡毛蒜皮，革命航船仍然乘风破浪，也就是得大于失，反倒加快了"返老还童"的进程。

讲不完的故事》和《如意潘趣酒》的封面。

再说我的"返老还童",为此我由衷感谢在激烈的争夺中与我签订"格林兄弟"作品出版合同的李景端①,还有责任编辑施梓云,没有这位称职"保姆"养育、呵护,"孩子"不会长得如此健壮可爱,这么有出息!很自然地,译林出版社和李、施两位都成了本翁的好朋友。

欣慰自豪一二三

我从译半个多世纪真没少经历痛苦磨难,但更多的是师友的教诲、帮助,恩人贵人的扶持、提携,因而有了一些可堪欣慰、自豪的成绩,在此略述一二。

其一,毕生所译几乎全是名著佳作,尤以古典杰作居多。翻译古典名著很难避免重译。重译亦称复译,复译之必要已为业界公认,问题只在质量和效果。重译者做到了推陈出新、更上层楼,有利于原著进一步传播,有利于读者更好地接受,价值就不容否认和低估,就不一定比新译或所谓"原创性翻译"来得差。具体说到我重译的歌德代表作《浮士德》《少年维特的烦恼》《迷娘曲——歌德诗选》《歌德谈话录》,以及《阴谋与爱情》《海涅抒情诗选》《茵梦湖》和《格林童话全集》等,事实

---

① 他一听说漓江出版社也属意我的《格林童话》译稿,立马从南京奔到我成都的家中,和我签了出版合同。

表明都得到了同行专家的赞赏，出版界和读书界的欢迎。例如《少年维特的烦恼》入选了人民文学出版社、作家出版社以及商务印书馆等权威大社"名著名译"丛书，《浮士德》被藏入国家领导人的书柜，《格林童话全集》成为教育部推荐的中学生"新课标"选本。

除了重译，译翁也有不少首译的作品，较重要的如托马斯·曼70多万字的巨著《魔山》，黑塞的长篇小说《纳尔齐斯与歌尔德蒙》，海泽的中篇集《特雷庇姑娘》，迈耶尔的中篇集《圣者》，以及霍夫曼、克莱斯特等的许多中短名篇，还有米切尔·恩德的现代经典童话《如意潘趣酒》等，加在一起不但数量可观，也同样受到读者欢迎、同行肯定。

《魔山》等经典名著部分译本

其二，鄢翁尽管痴迷于文学翻译实践，却不只顾埋头译述，做一个吭哧吭哧的"搬运工"，也对文学翻译做过不少理论思考，对它的性质、意义、标准以及从事此道的人必须具备的条件和修养等，形成了有个人见解且言之成理、立论有据的理念，或者勉强也算理论。老朽自视为译学研究舞台上的"票友",却有同行谬赞吾为"文学翻译家中的思想者"。

说起文学翻译理论,一言以蔽之,我特别重视"文学"二字。早在20世纪80年代,区区就强调优秀的译文必须富有与原著尽可能贴近的种种文学元素和美质,也就是在读者审美鉴赏的显微镜下,译文本身也必须是文学,即翻译文学。而这一点,即文学翻译除去正确和达意之外,还必须富有与原文近乎一样的文学美质,正是文学翻译的难点和据以区别于他种翻译的特质。

德国人称纯文学(即Belletristik)为"美的文学"(schöne Literatur),我想不妨也称文学翻译为"美的翻译",或曰"艺术的翻译"。使自己的译作成为"美的翻译",成为"美玉"、美文,成为翻译文学,是我半个多世纪翻译生涯的不变追求。

为避免误解,我必须强调:翻译理念中的"美",指的是尽可能充分、完美地再创原著所拥有的种种文学美质,而非译者随心所欲地想怎么美就怎么美,更不是眼下一些人津津乐道的所谓"唯美"和为美而美。

要创造传之久远的、能纳入本民族文学宝库的翻译文学,要创造美的翻译、美文、"美玉",必须充分发挥翻译家的主观能动性和创造精神。因此我赞成说文学翻译是艺术再创造;因此我认为,翻译家理所当然地应当是文学翻译的主体,也事实上是主体。

其三,我践行了早年提出的文学翻译家必须同时是学者和作家的理念，几十年来努力追寻季羡林、戈宝权、傅雷等译界前辈的足迹，把研究、翻译、创作紧密结合起来，让它们相辅相成、相得益彰，在完成教师本职工作之余，翻译、研究、创作齐头并进，在三个方面都取得了或大或小的成绩，出版的译著、论著和创作总计约40部。即使仅仅作为翻译家，我在学者和作家朋友面前当也不自惭形秽。其他理由不说了，只讲我译著的读者数量以千万计，而一部名著佳译流传数十年甚至更加长远，可以影响一代又一代人，这难道不值得自豪吗？

还值得一说的是，几十年来我积极参加国内外翻译界的活动，不甘于做一个把自己关在屋子里爬格子的书呆子和匠人。有机会向前辈和国内外同行学习，我获益匪浅。

社科院众多大儒中我最亲近戈宝权。1987年他应邀出席四川翻译文学学会成立大会，会后偕夫人梁培兰做客我在四川外语学院的寒舍，与我妻子王荫祺和次女杨熹合影。我受他影响，也涉猎中外文化关系研究

我读研时去北大听过田德望先生的课,他待我很好。我参评教授时,他写推荐多有美言,是我视为表率的德语和意大利语翻译大家

1985年,我参加了在烟台举行的全国中青年文学翻译经验交流会

　　也是1985年,出席《译林》杂志创刊五周年纪念会,我拜识了一大批前辈名家。

天时·地利·人和　成就译翁"一世书不尽的传奇"　|　xxxv

三排右一为周珏良，右二为毕朔望，右三为杨苡深，右四为吴富恒，右五为戈宝权，右六为汤永宽，右七为屠珍，右八为梅绍武；中排左一为吴富恒夫人陆凡，左二为董乐山；前排左一为东道主，左二为陈冠商，左三为杨武能，左四为郭继德，左五为施咸荣

　　1992年珠海白藤湖，我出席海峡两岸文学翻译研讨会，欣逢自称半个四川人的"下江人"余光中先生，与他一见如故。

乡愁诗人与我的忘年之交

在白藤湖,我还拜识了王佐良、齐邦媛和金圣华等译界名宿。

图为李文俊、方平、董衡巽和小杨(时年54岁)

2004年任欧洲译协驻会翻译家

1999年歌德诞辰250周年,我受聘赴魏玛"《浮士德》翻译工场"打工,作为唯一中国代表与来自全世界的《浮士德》翻译家切磋译艺。"工场"关门后又应邀赴艾尔福特开更大的世界歌德翻译家研讨会。

天时·地利·人和　成就译翁"一世书不尽的传奇"　| xxxvii

在欧洲译协与诺奖得主君特·格拉斯相谈甚欢

遗憾的是，当今中国，翻译家在文艺界和学术界没有受到足够的重视：即使是经典译著，在高校通常也不算科研成果，翻译的稿酬标准也远低于创作。对此，翻译家们心怀愤懑却无能为力，不少人因此失望、自卑。译翁却不但不自卑，心中还充满自豪，反倒为自己是一名有成就、有作为、有影响的文学翻译家自豪！

夫唱妇随，在欧洲译协驻会翻译家居住的小别墅门前

在艾尔福特的世界歌德翻译家研讨会做报告

2018年荣获"翻译文化终身成就奖",这是巴蜀译翁在国内得到的最高奖项

我不是傅雷，我是巴蜀译翁，巴蜀译翁！

近些年，有媒体报道称老朽为"德语界的傅雷"：

2013年6月27日，中国网河南频道报道"德语界傅雷"杨武能荣获歌德金质奖章；《成都商报》说什么"德语界的傅雷"川大教授杨武能获得了"翻译诺贝尔奖"；2018年，又有报道说80高龄的杨武能"拿下了"翻译文化终身成就奖，称誉他为"德语界的傅雷"，云云。不只某些媒体，严谨的学术界也偶有拿我跟傅雷相提并论者。

傅雷先生（1908—1966）是中国翻译文学史上的一座丰碑，我走上文学翻译道路就是中学时代受了先生和汝龙、丽尼等前辈的影响，傅雷更是我从译之路上的向导乃至偶像。我说我不是傅雷，没有丝毫贬低他的意思，相反我对先生十分崇敬和感激。我所以坚称自己不是傅雷，因为我就是我，我跟傅雷有太多的不同。多数的不同不言自明，只有一点必须要强调，因为影响大而深远：

傅雷比我早生30年，58岁不幸去世；同成长在新中国，虽也历经坎坷，却在和平环境里幸福地多劳作了数十年的译翁，不可同日而语！译翁施展的时间和空间远远大于傅雷前辈，能创造和贡献的自然应该更多更大。至于是不是真的更多更大，则有待评说。

感恩故乡，感恩祖国

2018年年届耄耋，我突发奇想，给自己取了个号或曰笔名：巴蜀译翁。

一辈子混迹文坛，我用过的笔名不少，大多随用随弃，但这"巴蜀译翁"将一直用下去。它不只蕴含着我对故乡无尽的感恩之情，还另有一层含义！

我出生在山城重庆较场口十八梯下厚慈街，从小爬坡上坎，忍受火炉炙烤熔炼，练就了强健的筋骨、刚毅的性格。天府四川的文学沃土养育我茁壮生长，我自幼崇拜李白、杜甫、苏东坡，尤其是苏东坡！我生而为重庆人，重庆人就是四川人；我一辈子都为自己是四川人而自豪，为自己是李白、杜甫、苏东坡、郭沫若、巴金的同乡、后辈而自豪。没想到行政区划的

苏东坡，译翁奉他为古代中国的歌德①

---

① 2000年法国《世界报》评选出1001—2000年间的"千年英雄"，全世界入选者12人，中国也是亚洲入选的唯一一位就是苏东坡。

变化,有一天我突然不是四川人了!我实在难过,想起杜甫草堂、武侯祠、三苏祠就难过!我取"巴蜀译翁"这个名号,是要表明自己对四川—重庆人这个身份的忠诚。

得意忘形　"引吭高歌"

杨武能著译文献馆(巴蜀译翁文献馆)开馆展。左一为四川大学文学院院长曹顺庆,左二为重庆市作协主席冉冉,左四为著名翻译家刘荣跃,左五为华裔德籍著名歌德研究家顾正祥

我 2008 年从川大退休旅居德国，2014 年送重病的妻子回重庆就医；2015 年，重庆图书馆成立了杨武能著译文献馆。三年后，我逮住建立成渝双城经济圈和巴蜀文旅走廊的机会，赶快将它正名为"巴蜀译翁文献馆"，以舒缓心中的伤痛！

据我所知还没有为一个"文化苦力"建有巴蜀译翁文献馆这般高规格、大体量的个人文献馆的先例。

重庆武隆的世界自然遗产地仙女山还建有一座巴蜀译翁亭，实属少见。

这一馆一亭的意义和未来，还活着的译翁本人不便说，也说不清楚，只感觉这是故乡对区区无尽的爱，厚重得不能承受的爱，所以，巴蜀译翁这个笔名对我之要紧、珍贵，胜过父亲按字辈给我取的本名！

再看巴蜀译翁亭的柱子上，有一副楹联：

上联　浮士德格林童话魔山　永远讲不完的故事

下联　翻译家歌德学者作家　一世书不尽的传奇

组成上联的是我四部代表译著的题名，下联是我的主要身份以及一生的重大建树。

戈宝权评郭沫若说：郭老即使只翻译了一部《浮士德》，就很了不起。巴蜀译翁成功译介的经典多得多！

说主要身份，意味着还有其他身份略而未表。说一说幸得冯至先生亲传的歌德学者吧，译翁是荣获国际歌德研究最高奖"歌德金质奖章"唯一中国学人，其他似乎不用再说。只有作家这个身份，译翁还须努力夯实它。

重庆武隆仙女山巴蜀译翁亭揭幕，出席仪式者除主持仪式的县委领导和川渝文化名流，还有来自德国、美国、澳大利亚、日本、马来西亚等国的华裔作家和文艺家。他们经由小女杨悦组织来世界自然遗产地武隆仙女山采风，其中不乏周励这样的大作家①，却自谦为译翁的粉丝（张晓辉 摄）

译翁信心满满，只要坚守"生命在于创造，创造为了奉献"这个座右铭，一旦得到缪斯女神眷顾，诗的闸门就会大开。他有翻译家超强的笔力和得自书里书外的人生体验，可以讲的故事多着呢！仔细想想，真是每一部重要译著背后都有精彩故事呢，也就难怪李景端在提议凤凰卫视来专访我时讲：他的故事多！

"一世书不尽的传奇"？好大一个牛皮！

不是牛皮是事实！

---

① 代表作为《曼哈顿的中国女人》《亲吻世界——曼哈顿手记》。更令译翁钦佩的是，她还是一位极地旅行家，著有多部旅游探险记。

新中国成立前，四川有句民谚："养儿不用教，酉秀黔彭走一遭！"说的是四川这几个地方极度苦寒，娇生惯养的娃娃只要去那里走一走，看一看，就会知道生活艰难，不懂事的就会懂事。我祖父杨代金是彭水（现武隆）大娄山上的贫苦农民，他儿子我爸跑到重庆城当了电灯工人，他孙子我巴蜀译翁现如今成了享誉海内外的翻译家、学者、作家还有教授、博导、大学副校长，您说传奇不传奇？

若问唧个（怎么）会出现这样的传奇？回答：天时、地利、人和呗！

欲知究竟，劳驾到重庆沙坪坝凤天路106号，去逛逛重庆图书馆的巴蜀译翁文献馆。您一进文献馆大门，就会看见屏风上写着答案。

巴蜀译翁文献馆门厅处屏风

看样子传奇还不算完，尽管译翁已经八十有三。须知他的座右铭是"生命在于创造,创造为了奉献",在有生之年,他还要继续创造,继续奉献,也就是生命不息,奋斗不止!在光辉灿烂的新时代,译翁有一个梦:老头儿梦见自己"年富力强",变成了新的自己,正铆足劲儿,要创造一个个新的传奇……

民族复兴大业美好、光荣、伟大,本翁啷个能不参与,不投入其中呢?!

结语:没有共产党缔造新中国,就没有巴蜀译翁!没有父母养育、亲属支持①、师长教导、友朋帮衬、贵人提携,就没有巴蜀译翁!故而译翁在中国共产党成立100周年之际开始结集出版自己60余载心血的结晶《杨武能译德语文学经典》,把它献给我的人民、我的国家,把它献给我的亲戚朋友,献给我的母校育才、一中、俄专、南大、社科院研究生院,以及德国洪堡基金会(Alexander von Humboldt-Stiftung),献给我在中国和德国的老师、同学,最后,还献给支持、厚爱译翁的千万读者、粉丝,老的少的粉丝!

德国大文豪、大思想家歌德说:我们都是"集体性人物"!意即我们生命中包括父母、亲属、师长、同学、同事、同行的许许多多人有意无意地影响了我们,从正面或者反面帮助、促成我们的成长、发展,造就了我们,最终决定了我们成为什么样的人。不能不说明,写在纸上的都是美好、阳光、正面的人和事;

---

① 必须感谢我的家人,特别是我的妻子王荫祺。她与我志同道合、同甘共苦三十五载,精心养育两个女儿,多方面为我分劳分忧,不只生活中给我无微不至的照顾,还参与我多部作品的翻译工作。在《译翁情话》里,将对她述说很多很多。

可在现实生活中,译翁跟所有人一样也遭遇过阴暗和丑陋,但那些阴暗和丑陋也磨炼、激励了我,最终成就了我,同样是我的塑造者!

茫茫人海,天高地阔,万类霜天竞自由!少了哪一类都不行,少了哪一物种世界都不会如此多姿多彩,生活都不会如此美好、幸福,译翁都不会活得如此有滋有味!多谢啦,一切从正面或反面促成、造就我的人,译翁感激你们哟,爱你们哟!

2021年12月于山城重庆图书馆巴蜀译翁文献馆

目　录

第一部 ·· 1
　婆罗门之子 ··· 3
　与沙门同行 ··· 13
　乔达摩 ··· 24
　觉醒 ··· 34

第二部 ·· 39
　珈玛拉 ··· 41
　尘世 ··· 55
　轮回 ··· 64
　河岸 ··· 73
　船夫 ··· 85
　儿子 ··· 98
　唵 ··· 108
　果文达 ··· 116

译余漫笔
　以河为师　悟道成佛 ·· 129

第一部

婆罗门之子

年轻、英俊的悉达多,高贵的婆罗门①之子,在房前屋后的阴凉处,在泊岸船只旁边的阳光里,在婆罗双林的遮蔽下,在无花果树的浓荫中,与同样是婆罗门之子的好友果文达一起,像雄鹰一般长大了。在河边沐浴时,在神圣的洗礼和祭祀时,太阳晒黑了他光亮的双肩。在芒果林里,伴随着男孩们的玩耍嬉戏,伴随着母亲的轻声吟唱,在参加神圣的祭祀时,在聆听身为学者的父亲授课以及和智者们论辩时,浓荫不知不觉融入了他乌黑的眼眸。悉达多早已参加了智者们的对话,与果文达一起潜心修习过辩论、静观和禅定之术。他已经学会无声地默诵"唵"②,默诵这词中之词。在吸气时默诵它,将它纳入体内;在呼气时默诵它,

---

① 古印度信奉婆罗门教,以梵(Brahma)为创造宇宙万物的主宰,相信梵从口中生出婆罗门,从肩部生出刹帝利,从腹部生出吠舍,从足部生出首陀罗,以此决定四姓的贵贱,这就是其种姓制度的根据。婆罗门多为祭师和学者,掌握知识和神人沟通的渠道,所以在社会上拥有最崇高的地位,是种姓制度下的贵族阶级。——译者注。本书注释均为译者注。

② "唵"诵为唵嘛呢叭咪吽,据信"唵"字有慑服作用,诵此可逢凶化吉,遇难呈祥。

将它吐出体外。他全神贯注，聚精会神，额头环绕着明睿思考的精神光辉。他已经学会在内心深处体认阿特曼①，从而与宇宙合一，永不败坏。

父亲见他勤奋好学，渴求知识，有望成长为一位伟大的智者和僧人，一位婆罗门的王者，心里无比欣喜。

母亲见儿子两腿修长，体格健美，行走坐立仪态端庄，对待她礼数充分周到，胸中也按捺不住狂喜。

每当悉达多像王子似的在城里穿街过巷，容光焕发，目光炯炯，腰身清瘦，年轻的婆罗门姑娘心中便漾起爱的涟漪。

他的朋友、婆罗门之子果文达，爱他更是胜过了所有人。他爱悉达多的眼睛和甜美的嗓音，爱他的步态和彬彬有礼的行为举止，爱他所说所做的一切；他最爱他的精神气质，最爱他高尚、热烈的思想，最爱他刚毅的意志，以及他的崇高使命感。果文达知道，这个人不会成为一个平庸的婆罗门，不会成为懒惰的祭司，不会成为贪得无厌的商贾，不会成为爱慕虚荣的空谈家，不会成为阴险狡诈的僧侣，也不会成为畜群中一只温驯、愚蠢的绵羊。不，即便是他果文达，也不想成为那样的人，也不想成为婆罗门芸芸众生中的一员。他要追随悉达多，追随这个他所爱的杰出人物。悉达多有朝一日成了神，成了光明灿烂的圣者，那时果

---

① 印度哲学术语，用以表示"自我""神我"。本由动词"呼吸"（van）派生而成，因认为呼吸乃生命之源，故而以 Atman 为统摄个人之中心。这个"自我"乃凡人皆备，而且与"神我"即宇宙原理之梵（Brahma）同一性质，因此便产生了"梵我一如"的思想。

文达仍然要追随他，做他的朋友，做他的随从，做他的仆佣，做他的护卫，做他的影子。

就这样，大家都爱悉达多。他给大家创造了欢乐，带来了喜悦。

然而，悉达多自己却并不快活，并不感到喜悦。他在无花果园的玫瑰小径上漫步，在林苑的淡蓝色阴影里静坐沉思，在每日的涤罪沐浴中清洗身体，在浓荫匝地的芒果林中参加祭祀。他的举止完美无瑕，受到大家喜爱，也带给了大家快乐，可他自己心里却没有快乐。他时常做梦，从河水的流动中，从夜空星群的闪烁中，从太阳的耀眼光焰中，总有思想无休无止地向他涌来。他时常做梦，时常由于祭祀时缭绕的烟雾，由于吟诵《梨俱吠陀》①诗行的气息，由于老婆罗门的谆谆教诲，而感觉到心灵不安。

悉达多心中开始滋生不满。他开始感到，父亲的爱、母亲的爱，还有好友果文达的爱，不能永远使他幸福，使他平静，使他满足，使他别无所求。他开始隐隐感到，他可敬的父亲以及其他老师，这些聪明的婆罗门已经把自己多数的智慧及其精华传授给他了，他们已经把丰富的知识注入了他期待的容器，可是这个容器却没有装满，他精神没有获得满足，灵魂没有获得安宁，心也没能平静下来。洗礼虽好，但那只是水，水洗不掉罪孽，解不了精神的焦渴，医治不好内心的恐惧。对神灵的祭祀和祈求固然

---

① 《梨俱吠陀》，全名《梨俱吠陀本集》，是印度现存最古老、最重要的一部诗歌集，内容包括祭祀圣歌、神话传说以及对自然现象和社会现象的描绘。

很好，可这就是一切么？祭祀带来了幸福么？神灵的作为又怎样呢？真的是生主创造了世界么？难道阿特曼不是独一无二的万物之主么？神灵们何尝不像你我一样被创造了形体，一样受制于时间，一样无常于人世？祭祀神灵果真有用吗，果真正确吗，果真富有深义和无比神圣吗？除了他，除了独一无二的阿特曼，还有谁值得祭祀、值得崇拜呢？可是哪儿才找得到阿特曼，他住在哪儿，哪儿跳动着他那永恒的心脏？难道不就在我们的自我里，在我们的内心深处，在每个人心里那坚不可摧的地方吗？然而，这个自我，这个内心深处，这个最后的归宿，它又在何处呢？它不是肉或骨头，既非思想也非意识，圣贤们如此教导我们。那么它在哪儿，到底在哪儿呢？要深入那儿去，要深入自我，要深入我的内心，要深入阿特曼，还存在另一条路，可是去探寻这条路是否值得呢？唉，没有谁指出这条路，没有谁知道它，父亲不知道，老师不知道，贤人们不知道，神圣的祭祀歌也不知道！婆罗门和他们神圣的经书却知道一切。他们知道一切，操心一切，甚至比一切还要多；他们知道和操心世界的创造，言语、饮食、呼吸和感觉的产生；他们了解知觉的秩序，知道神灵们的业绩，他们的知识无穷无尽——但是，这又有多少价值呢，如果不知道那独一无二的存在，不知道那最最重要和唯一重要的东西？

确实，神圣的经书，尤其是《娑摩吠陀》的《奥义书》里，有许多诗句都提到了这最内在、最终极的存在，绝妙的诗句啊！"你的灵魂就是整个世界。"书里这样写道。它还写到人在睡眠时，在酣睡中，便可进入自己内心深处，沉潜在阿特曼里面。这些诗句蕴含着惊人的智慧，汇集着大智大慧者所有的知识，它们凝聚成具有魔力的语句，纯净得如同蜜蜂采集起来的蜂蜜。不，千万别小看这巨大的知识财富，它们是不知多少代聪慧的婆罗门搜集起来、保存下来的。可是，那些婆罗门，那些僧侣，那些贤人或忏悔者，那些不仅了解而且践行了这最为深刻的知识的人们，他们究竟在哪儿？那个能把存在于阿特曼中的归属感从酣睡中唤醒，将它融入我们的现实生活，化作我们言语和行动的达人，他又在哪儿？悉达多认识许多可敬的婆罗门，首先是他的父亲，他是位高尚纯粹的人，学识渊博，德高望重。他父亲令人敬佩，举止安详、高贵，为人纯朴，言语聪明，头脑里充满机智、高尚的思想，然而即便是他，即便是这么一个见多识广的人，就能生活得幸福安宁，就能心安理得吗？难道他不仍旧只是一个探索者，一个渴求者吗？难道他不是仍旧得反复地去啜饮圣泉之水，从祭祀、书籍、婆罗门的论辩中汲取养分吗？他是个无可非议的人，可为什么还得每天洗涤罪孽，还得每天努力清洗自己，还得每天重新开始呢？难道阿特曼不在他身体内，难道他自己心里不涌流着生的源泉吗？必须找到它，必须找到自我中的这个源泉，必须把它变为自己所有！剩下的只是探索寻找，只是曲折坎坷，只是误入歧途。

这就是悉达多的想法，这就是他的渴望，这就是他的苦恼。

他经常诵读《奥义书》里的如下词语："确实，梵天之名即为真理——真的，证悟真理者日日得入天国之门。"那天国往往看似已经临近，可他却从来不曾完全企及过，从来没有消除过最后的焦渴。所有圣贤,所有他认识并受过他们教诲的圣贤,没有一个完全企及过那天上的世界,没有一个能完全消除那永恒的焦渴。

"果文达,"悉达多对他的朋友说,"果文达,亲爱的,跟我一起到榕树底下去吧,咱们该潜心静修了。"

二人走到榕树边上坐下来,眼前坐着悉达多,果文达离他二十步远。悉达多坐下准备诵"唵"后,便喃喃地重复以下几句:

唵是弓,心是箭,
箭矢之的在梵天,
欲射不容心志偏。

通常的静修时间结束后,果文达站起身来。夜幕已经降临,到晚间洗涤的时候了。他唤悉达多的名字,悉达多却没有回答,仍然在那儿沉思打坐,两眼呆呆地凝视着一个远远的目标,舌尖微微从牙齿间伸了出来,似乎没有了呼吸。他就这样坐着,沉潜在禅定之中,心诵着"唵",灵魂已如箭矢射向梵天。

这时候,正有几个沙门①途经悉达多所在的城市。那是些去朝圣的苦行僧,三个皮包骨头、毫无生气的汉子,说老不老说年轻也不年轻,风尘仆仆,肩上带着血迹,近乎赤裸的身子被太阳晒得焦黑;他们孤苦伶仃,对尘世既陌生又敌视,是人世间的异

---

① 沙门,泛指离家苦修的佛教徒。

类和贱民。他们身后飘来一股浓烈的气息，一股宁静的激情、艰辛的磨炼和无情的自我修持的气息。

晚上，在修习完禅定的功课之后，悉达多对果文达说："我的朋友，明天一清早，悉达多就要去找那些沙门。他也要当一个沙门。"

一听这话，果文达脸色煞白。从自己朋友那不动声色的脸上，他看出了如离弦之箭一样不可扭转的坚定决心。果文达一看就明白：事情已经开始，悉达多就要走自己的路了，他的命运现在已经开始萌芽，而自己的命运也与之相连。因此，果文达的脸色苍白得就像干枯的香蕉皮。

"哦，悉达多，"他叫道，"你父亲会允许吗？"

悉达多的目光就像如梦初醒。他很快看透了果文达的灵魂，看出了他的恐惧，看出了他的忠诚。

"嗨，果文达，"他小声说，"咱们别浪费口舌啦。明天天一亮我就开始沙门的生活。别再说了。"

悉达多走进房间，他父亲正坐在房里一个麻织的垫子上。他走到父亲身后，站在那儿一动不动。直到父亲觉察自己身后有一个人，这位婆罗门才开了口："是你吗，悉达多？说吧，你来要说什么？"

悉达多说："承蒙你允许，爸爸，我是来告诉你，明天我想离开你的家，去找那些苦行僧。我的愿望是当一个沙门。但愿爸爸你不会反对。"

这个婆罗门沉默无语，久久地沉默无语，直到小窗里星星闪烁，直到它们改变了图像，房间里的沉默依然没有尽头。儿子一言不发，一动不动，抱着双臂立在那儿；父亲也一言不发，一动不动，坐在麻织的垫子上；只有星星在夜空中挪移。

后来，父亲突然开口说："婆罗门不适合说激烈和气愤的话，可是我心里不满而且激动。我不愿从你嘴里再一次听到这请求。"

说着，这位婆罗门慢慢站了起来，悉达多仍抱着双臂不声不响地站在那里。

"你还等什么？"父亲问。

悉达多回答："你知道。"

父亲不耐烦地走出房间，不耐烦地摸到自己床铺跟前，在那儿躺了下来。

过了一个钟头，由于没有瞌睡，老婆罗门只好又爬起来，在屋里踱来踱去，然后走出了房子。他透过小窗户往里瞅，只见悉达多仍旧站在那儿，双臂交叉抱在胸前，一动也没动，浅色的上衣泛着白光。父亲心里揣着不安，回到了他的床上。

又过了一个钟头，老婆罗门还是睁着眼睛睡不着，便再爬起来，在屋里踱来踱去，然后走到房子外面。这时他看见月亮已经升了起来。他透过窗户往屋里瞅，看见悉达多仍站在那儿一动未动，两臂抱在胸前，月光照亮了他光光的小腿。父亲又忧心忡忡地摸回到了自己床上。

过了一个钟头，他又起来一次；再过两个钟头，他又起来了，透过小窗看见悉达多仍站在月色下，站在星光里，站在暗夜中。一个钟头又一个钟头过去了，他默默地往屋里瞅，看见站立者仍然一动未动，心里不禁充满了恼怒，充满了不安，充满了狐疑，充满了痛苦。

还有一小时天就要亮了，父亲终于反身走进了房间。看见小年轻依然站在那儿，他忽然觉得儿子长大了，也变得陌生了。

"悉达多，"他说，"你还在等什么？"

"你知道。"

"你就这么一直站着等到天亮，等到中午，等到晚上吗？"

"我会这么站着，等着。"

"你会累的，悉达多。"

"我是会累。"

"你会睡着的，悉达多。"

"我不会睡着。"

"你会死的，悉达多。"

"我会死。"

"你宁愿死掉，也不听父亲的话吗？"

"悉达多一直听父亲的话。"

"那么，你愿意放弃自己的打算吗？"

"悉达多会按父亲说的去做。"

第一缕晨光照进了房间。婆罗门父亲看到悉达多双膝微微颤抖，他的脸却一动不动，两只眼睛注视着远方。父亲猛然间意识到，悉达多而今已不在他身边，已不在自己的家乡，已经离开他的父亲远去了。

婆罗门父亲抚摸着悉达多的肩膀说："你要去森林里当一个

沙门了。要是你在森林里找到了永恒的幸福，就回来传授给我。要是你找到的只是失望，就回来再跟我们一起敬奉神灵。去吧，去吻别你母亲，告诉她你的去向。我可是到了去河边完成第一次沐浴的时候啦。"

他从儿子的肩上缩回手，出了房门。悉达多打算往前走，身子却歪倒了。他控制住身体，向父亲鞠了个躬，随后就去见母亲，按照父亲的吩咐向她道别。

晨曦中，悉达多迈开麻木而僵硬的双腿，慢慢离开了依然寂静的城市。这时，最后一座茅屋旁闪出一个蹲在那儿的人影，成了这位朝圣者的旅伴——正是果文达。

"你来了。"悉达多微微一笑说。

"我来了。"果文达说。

与沙门同行

当天晚上，他俩追上了那几个苦行僧，那几个枯瘦如柴的沙门，提出要跟他们同行并且遵从他们的教导。他俩被接纳了。

悉达多把自己的衣服送给了街上一个穷婆罗门。他只系着一条遮羞布，身上披了块没有缝过的泥土色披巾。他每天只进食一次，而且从来不吃煮过的熟食。他斋戒了十五天。他斋戒了二十八天。他腿上和脸上渐渐没有了肉。在他变大了的眼睛里，闪烁着炽烈的梦想；在他枯瘦的手指上，长出了长长的指甲；在他的下巴上，长出了干枯、蓬乱的胡子。他遇见女人时目光变得冰冷，他碰到城里穿戴华丽的人时撇撇嘴表示轻蔑。他看见商贾做买卖，贵族出城打猎，服丧者悼念亡人，妓女搔首弄姿，医生诊治病人，僧侣测算下种吉日，情人卿卿我我，母亲给孩子喂奶——这一切一切，他都不屑一顾，在他眼里都是欺骗，都臭烘烘的，散发着谎言的恶臭；这一切一切，表面上都像有意义，都像幸福、美好，实际上全已经腐烂变质。世界之味苦涩，人生即为磨难。

悉达多面临着一个目标，唯一一个目标，那就是摈弃渴求，摈弃愿望，摈弃梦想，摈弃乐与苦，摈弃一切一切，以实现自我消亡，达到无我的境界，为变得空空如也的心觅得安宁，在摈弃自我的思索中等待奇迹出现——这就是他的目标。如果整个自我都克服了，死灭了，如果心中的欲望和本能都已沉寂，那么那个终极状态，那个无我存在的核心之核心，那个大奥秘，就一定会觉醒。

悉达多头顶直射的烈日默默站着，皮肤灼痛，舌燥口干，一直坚持站到了不再感觉到疼痛和干渴。雨季里，他默默站在雨中，水珠从他的头发滴落到冰冷的肩膀，滴落到冰冷的腰上和腿上，这个赎罪者却伫立不动，直到双肩和两腿不再感觉到寒冷，直到它们变得僵硬、麻木。他默默蹲在荆棘丛里，刺痛的皮肤淌出了血，溃烂的伤口流出了脓。悉达多木然地待着，一动不动地待着，直到血不再流，直到皮肤不再感到针扎般的疼痛。

悉达多端坐着，修习减少呼吸、略为呼吸以至于屏吸敛气之术。他由练气开始，进而练习平定心跳，减少心跳的次数，一直坚持练到很少有甚至完全不再有心跳。

在那位最年迈的沙门的教诲下，悉达多遵照新的沙门规范，苦修摈弃自我，苦修沉潜禅定。一只苍鹭飞过竹林——悉达多将苍鹭吸入自己的灵魂，飞越森林和群山。他变成苍鹭吞食鲜鱼，像苍鹭一样挨饿，像苍鹭一样呱呱啼叫，像苍鹭一样死去。沙滩上躺着匹死狼。悉达多的灵魂钻进这尸骸变成了死狼，躺在沙滩上膨胀、发臭、腐烂，让鬣狗撕扯成碎块，被兀鹰啄去皮毛，变成空骨架，化作灰尘吹散到了原野里。悉达多的灵魂回到了原处，经过了死亡、腐烂和尘化，尝到了轮回那沉郁却令人陶醉的滋味，像一个猎手似的怀着新的渴望，期盼着找到逃脱轮回的缺口，找到种种起因的尽头——在那儿开始没有痛苦的永恒。他扼杀了自己的感官，泯灭了自己的记忆，化自我为成千上万陌生的形象，变成了动物、腐尸、石头、木头和水。可每次又总是重新苏醒过来，发现太阳或者月亮正当空照着，他重新恢复了自我，又在轮回中飘飘摇摇，感到了干渴，克服掉了干渴又感到新的干渴。

悉达多在沙门那儿学会了很多东西，学会了脱离自我的许多途径。他经历了通过痛苦摒弃自我之路，自愿忍受了痛苦，克服了痛苦，克服了饥饿、焦渴与劳累、疲乏。他经历了通过冥思苦想摒弃自我之路，做到了无思无念，头脑空空。他学会了走这样一些路径以及别的路径，千百次地摆脱了他的自我，在无我的境界里坚持了许多个钟头乃至许多天。然而，尽管这些路径都引导他离开自我，可终点却总是又回到自我。虽然悉达多千百次地从自我逃离，在虚无中流连，在动物、石头中流连，回归仍旧无可避免，重新找回自己的时刻总是逃脱不了。在阳光中也罢，在月光下也罢，在树荫里也罢，在淫雨中也罢，他总又变回自己，变回悉达多，重又感受到业已完成的轮回的痛苦。

在他身边生活着果文达，他是他的影子，跟他走过了同样的路径，经受了同样的磨难。除了修行和练功所需要的，他俩很少互相讲话。有时候，两人会一起穿过村落，为自己和老师化缘。

"你怎么想，果文达？"一次化缘途中，悉达多道，"你怎想，咱们进步了吗？咱们达到目标了吗？"

果文达回答："咱们学会了许多东西，还会学到更多。你会成为一位大沙门，悉达多。每一种功夫你都学得很快，老沙门经常称赞你。你总有一天会成为圣人，悉达多。"

"我看不是这样，朋友，"悉达多说，"迄今为止我跟沙门学到的东西，果文达，其实可以学得更快，学得更简单干脆。在红灯区的小酒馆里，朋友，跟车夫和赌徒混在一块儿，我同样可以学到。"

"你大概在跟我开玩笑吧，悉达多，"果文达说，"和那些可怜虫在一起，你怎么学得会沉思默想，怎么学得会屏息敛气，怎么学得会忍耐饥饿和痛苦呢？"

悉达多自言自语似的轻声回答："何谓沉思默想？何谓脱离肉身？何谓斋戒？何谓屏息敛气？通通不过是逃避自我，不过是短暂地从自我的痛苦中挣脱，不过是对生之痛苦和荒谬的短时间麻醉。这种逃避，这种短时间麻醉，即使是赶牛车的车夫，在小客栈里也可以找到，只要他喝上几杯米酒或者发过酵的椰子汁就行了。然后，他就会忘乎所以，就不会再感觉到生活的痛苦，就得到了短暂的麻醉。他喝完米酒便糊里糊涂睡着了，得到的感觉跟悉达多和果文达一样。可咱们呢，却得经过长期的苦修才能摆脱自身的躯壳，在非我中逗留。就是这么回事，果文达。"

"你怎么这样讲啊，朋友，"果文达说，"你毕竟知道，悉达多不是赶牛车的车夫，沙门也不是酒鬼。酒鬼是可以得到麻醉，得到短暂的逃避与休息，但当他从幻觉中醒来时，就会发现一切仍是老样子，他并没有变得聪明些，没有增加知识，没有登上更高的台阶。"

悉达多微微一笑，回答说："这我不知道，我从来没做过酒鬼。可是我，悉达多，我在苦行与潜修中只得到了短暂的麻醉，而距离智慧、距离获得救赎仍然极其遥远，跟我还是母体中的胎儿一样遥远。我知道这个，果文达，哦，就知道这个。"

后来又有一次，悉达多与果文达离开了苦修的森林，到村子里去为他们的师兄师弟和师父乞讨食物。悉达多又开了口："现在怎么样，果文达，咱们没准儿走对路了吧？咱们没准儿已接近认知了吧？没准儿已接近获得救赎了吧？抑或咱们没准儿仍在原地转圈儿——却自以为已经逃脱了轮回呢？"

果文达回答："咱们学到了很多东西，悉达多，可还有很多东西要学。咱们不是原地兜圈子，而是在往上走。这圆圈是个螺旋，咱们已经上了好几级台阶。"

"咱们那位最年长的老沙门，那位可敬的老师父，你说他大概多少岁了？"悉达多问。

"大概六十岁了吧，咱们那位最年长的老沙门。"果文达回答。

"他已经六十岁了，还没有达到涅槃，"悉达多说，"他可能会活到七十岁、八十岁，而你和我呢，咱们也同样会老到七八十岁，咱们将不断苦修，不断斋戒和沉思禅定。可是咱们都不可能达到涅槃，他不行，咱们也不行。哦，果文达，我相信，所有沙门中大概没一个能达到涅槃。咱们找到了安慰，获得了麻醉，学会了种种自我迷惑的技巧。但重要的是那条路中之路，咱们没法找到。"

"请你别讲这么骇人听闻的话好不好，悉达多！"果文达说，"这么多有学问的人，这么多婆罗门，这么多严肃和可敬的沙门，这么多孜孜不倦、全心全意、高尚圣洁的求索者，他们中怎么就没有一个能找到那条路中之路呢？"

谁知悉达多却用一种既哀伤又嘲讽的声调，嗓音低沉而忧伤地、稍稍带着一点讥讽地回应道：

"果文达，你的朋友即将离开这条跟你一起走了这么久的沙门之路。我忍受着焦渴啊，果文达，在这条漫长的沙门之路上，我的焦渴未有丝毫缓解。我一直渴求知识，一直充满疑问。年复一年，我请教婆罗门；年复一年，我请教神圣的经典《吠陀》①；年复一年，我请教虔诚的沙门们。哦，果文达，没准儿我去向犀鸟或者黑猩猩求教，也同样有益，也同样变得聪明，也同样见效吧。哦，果文达，我耗费了这么多时间，现在仍没完没了地继续耗费着，结果学到的只是：没有什么东西可学！因此我相信，实际上并不存在咱们所谓的'修行'这回事。哦，朋友，只有一种知识无处不在，它就是阿特曼；它在我身上，也在你身上，它在每一个存在物身上。所以，我开始相信：这种知识的死敌正是求知的欲望，正是修行。"

果文达一听停下了脚步，高举起双手道："悉达多，你别用

---

① 《吠陀》，又译为《韦陀经》《围陀经》等，是婆罗门教和现代印度教最重要、最根本的经典。

这种话吓唬你的朋友好不好！真的，你的话在我心中引起了恐惧。你想想，假如真像你说的那样，如果真的没有了修行，那么哪里还有祈祷的神圣，哪里还有婆罗门种姓的尊严，哪里还有沙门的神圣呢？！如此一来，哦！悉达多，世间神圣的、宝贵的和崇高的一切，将会变成什么啊？！"

说罢，果文达喃喃地念起诗来，念的是《奥义书》里的两行：

谁沉思默想，心灵纯净，沉潜于阿特曼，
他心中便充满天国幸福，妙不可言传。

可悉达多沉默不语。他思考着果文达对他说的话，从头到尾把它琢磨了一遍。

他低头站在那儿，心里想：是啊，我们感到神圣的一切，还会剩下什么呢？有什么留下来呢？有什么经得住检验呢？他摇了摇头。

后来，两个年轻人和三位沙门一起生活，一同苦修了将近三年。突然有一天，从某些渠道传来了一个消息，一个流言，一个道听途说：一个名叫乔达摩的人，一位高僧，一位佛陀，终于出现了；此人克服了存在于自己身上的尘世之苦，终止了再生之轮的旋转。他正带领着徒众云游四方，既没产业，没家园，也没妻室，只身披着苦行僧的黄色披风，额头却开朗明亮，如同一位圣人。婆罗门贵族和王公大臣都对他恭恭敬敬，愿意做他的弟子。

这个说法、这个流言、这个传闻沸沸扬扬地四处流播，城里的婆罗门在讲，森林里的沙门在讲，于是佛陀乔达摩的大名也一次次地传到了两个年轻人的耳朵里。有的说好，有的说坏，有的表示赞扬，也有的表示不屑。

恰似一个国家瘟疫横行，这时忽然传来消息，某某地方出了一位高人，一位智者，一个行家，他的话语和气息就足以治好每一个遭到瘟疫侵袭的人。于是消息迅速传遍全国，人人都在谈论他，很多人相信，很多人怀疑，还有很多人立马动身去寻访这位高人和救星。有关出身释迦家族的佛陀乔达摩的美好传闻也就这样在全国迅速地传开了。信众们都说，他已经掌握了最高的知识，能够回忆起自己前世的事情，他已经快达到涅槃，永远不会再回到轮回之中，永远不会再堕入芸芸众生的浊流。到处都传说着他那些不可思议的嘉言懿行，讲他创造了奇迹，制服了妖魔，跟神灵们对过话。而他的敌人和怀疑者却说，乔达摩此人是个自命不凡的骗子，过着富裕舒适的生活，藐视祭祀，不学无术，既不懂修行，也不知清心寡欲。

关于佛陀的传闻悦耳动听，从中散发出迷人的香味。这个世界真是病了，生活让人难以忍受——可是，瞧，这里好像涌出一股清泉，这里好像响起一声天使的呼唤，语调温柔而给人抚慰，充满着高雅的承诺。关于佛陀的故事到处传播，印度各地的年轻人都侧耳倾听、翘首盼望，都感觉有了希望。任何一个朝圣者或任何一个游方僧人，只要能带来有关佛陀，有关那位高士，有关那位释迦牟尼的消息，都会在城乡的婆罗门子弟当中受到热烈欢迎。

消息也慢慢地、点点滴滴地传到了森林里的沙门那儿，传到了悉达多和果文达耳中；只是每一滴都饱含着希望，也都包含着疑问。他们之间很少谈论这件事，因为老沙门不喜欢这个传闻。他听说，那个所谓佛陀也曾是个苦行僧，在森林里修行过，后来却回过头去过上了寻欢作乐的舒适生活。对这么个乔达摩，老沙门压根瞧不起。

"噢，悉达多，"果文达一天对他的朋友说，"今天我到了村子里，一位婆罗门请我去了他家。他家里有个从摩揭陀①回来的婆罗门子弟，此人亲眼见过那位佛陀，聆听过佛陀的教诲。说真话，当时我激动得气都喘不过来，心中暗想：但愿我，但愿咱俩，但愿悉达多和我，也有机会经历这样的美好时光，也有机会聆听这位完人的亲口教诲！你说，朋友，咱们要不要也去那儿，也去听佛陀亲口讲经呢？"

"哦，果文达，"悉达多说，"我一直以为果文达会留在沙门这儿，一直以为果文达会立志活到六十岁、七十岁，始终学习沙门那些装点门面的技艺和修行。可你瞧，我太不了解果文达，我对他的心思知道得太少。喏，老朋友，这么说你也想走一条新路，上佛陀布道的那个地方去。"

"你喜欢讽刺人，"果文达说，"就随你讽刺吧，悉达多！不过，你心中不是也渴望也很想很想去聆听佛陀的教诲吗？你不是曾经跟我说过吗，这沙门之路你不会再长时间走下去了？"

---

① 古代中印度的一个王国，佛陀曾长期生活在这里。

这时悉达多笑了笑,以他特有的方式笑了笑,语气里带着一丝悲哀、一丝嘲讽,说道:"不错,果文达,你说得不错,你记得很清楚。但愿你也记得我说过的另外一些话,那就是我对聆听布道和修行已经怀疑和厌倦,我对老师们灌输给我们的那些话已经缺乏信仰。好吧,亲爱的,我准备好去聆听教诲——尽管我心里确信,我们已经尝过那种教诲最甜美的果实。"

"你决心去我很高兴,"果文达说,"可是你倒说说看,这怎么可能呢?在聆听乔达摩的教诲之前,它怎么就可能给咱们结出最甜美的果实来呢?"

"噢,果文达,"悉达多回答,"咱们还是先去品味果实,其他就耐心等待吧!咱们可是现在就该感谢乔达摩,因为他让咱们品味的果实就是促使我们脱离沙门!至于他是否还会给咱们别的更好的果实,哦,朋友,咱们就静下心来等候吧。"

就在当天,悉达多告诉老沙门,他已经决定要离开他。他语气谦逊,态度有礼,合乎自己晚辈与弟子的身份。可是老沙门一听两个徒弟要离开他便勃然大怒,说起话来大声武气,还用了一些骂人的粗话。

果文达吓坏了,不知如何是好,悉达多却把嘴凑到他耳边低声说:"现在我要让这个老头瞧瞧,我在他这儿到底学到了什么。"

说着他走到老沙门面前,力图聚敛起心灵的力量,用自己的目光捕捉住老沙门的目光,以此蛊惑住他,使他出声不得,丧失自己的意志,听任悉达多摆布,默默地做悉达多要他做的事情。

老头果然默不作声,眼神呆滞,意志瘫痪,胳臂也耷拉了下来,面对悉达多的法术无能为力。悉达多的意念完全控制了他,使他不得不执行悉达多的命令。如此一来,老沙门只好连连鞠躬,做出一个个祝福的手势,结结巴巴地说着"一路顺风"之类的送行祝愿。两个年轻人也鞠躬答谢老人的送别和祝愿,一边行礼一边离开了他们的修行地。

半路上,果文达说:"哦,悉达多,你从沙门那儿学到的东西比我了解的要多啊。要想蛊惑一位老沙门,可是很困难啊,十分困难啊。真的,要是你留在那儿,你很快就能学会在水面上行走的本领!"

"我才不稀罕在水面上行走,"悉达多回答,"让那些老沙门去为有这样的本领沾沾自喜吧!"

乔达摩

在舍卫城①,每一个孩子都知道佛陀乔达摩这位尊者的名字,家家户户都随时准备接待乔达摩的弟子,给这些默默无语的化缘者那乞求布施的碗里装满食物。佛陀乔达摩最喜欢住的地方离城不远,就是耶塔瓦纳林苑。它是佛陀的一位忠实崇拜者——富商阿纳塔品迪卡——送给他和他的门徒们的礼物。

两个年轻的苦行僧一路寻来,按照众人的回答和指引来到了乔达摩居住的这个地区。他们一进舍卫城,就在第一家屋门前停下来化缘,并得到了食物。悉达多问递给他们食物的妇女:"敢问女施主,世尊佛陀住在哪儿?要知道,我们是两个来自森林的沙门,想来见至尊至善的佛陀,聆听他的亲口教诲。"

"来自森林的沙门,"那妇人回答,"你们来这里算找对了地方。佛陀就住在耶塔瓦纳,住在阿纳塔品迪卡的林苑里。你们两位朝拜者可以在那里过夜,那里有足够的地方接待无数蜂拥而来的听他讲经的人。"

---

① 古印度佛教圣地,相传为佛陀释迦牟尼居停和讲经说法地。

果文达一听高兴得不得了，欢呼道："太好啦，我们已经到达目的地，我们的路总算走到头了！可是朝拜者的母亲啊，请你告诉我们，你认识佛陀吗？你亲眼见过他吗？"

"我见过佛陀好多次，"妇人说，"在好多日子里都见到过他，见他默默地穿街过巷，默默地停在各家各户门前，递上他乞求布施的碗钵，再端着盛满食物的碗钵离去。"

果文达入迷地听着，还想再问再听，悉达多却提醒他继续前进。他们道过谢便走了，此后几乎用不着再问路，因为路上有不少朝拜者和乔达摩的弟子，都在赶往耶塔瓦纳。他们晚上到了目的地，看见不断有一批批寻找住处的人到达，喊叫声、讲话声一片杂沓。两个沙门过惯了露宿森林的生活，便不声不响地很快找好了栖息处，一觉睡到了第二天早上。

朝阳升起时他们才惊讶地发现，在此过夜的信徒和赶热闹的人竟如此众多！美丽林苑的所有大道小径上，都有穿着黄色僧衣的僧人走来走去。他们不是东一群西一堆地在树下静静打坐，就是进行教义的讨论。这些浓荫匝地的花园看上去就像一座城市，城里像蜜蜂麇集一般挤满了人。大多数僧人正拿着化缘钵往外走，准备去城里乞讨他们每天唯一吃的那顿午餐。就连佛陀本人，就连这位世尊，通常也是早上出去化缘。

悉达多见到佛陀，一下子就认出了他，仿佛有神灵指点一样。悉达多端详着他：他是个身穿黄色僧衣的平凡普通的男子，手捧着化缘钵，静静地走了过去。

"快看这边！"悉达多小声招呼果文达，"这人就是佛陀。"

果文达仔仔细细打量这个身穿黄色僧衣的僧人，似乎觉得他跟其他成百上千的僧侣毫无区别。但是果文达很快认出来：此人就是佛陀。于是他俩尾随在他身后，边走边仔细地观察他。

佛陀谦卑地自顾自走着，陷入了沉思之中，平静的面容既无喜又无忧，似乎在静静地向着他们微笑。他面带隐隐的笑容，神色宁静、安详，颇像一个健康的孩子；他步态从容，身穿僧衣，跟他所有的门徒一样遵循着严格的规矩。他的面容和步履，他静静低垂着的眼眸，他静静垂下的双手，还有这静静垂着的手上的每一根手指，都显示出宁谧，显示出圆满；他无欲无求，不刻意仿效什么，呼吸始终保持柔和、平均，精神处于一种不破不败的安宁之境、光明之境、和平之境。

为了化缘，乔达摩就这样漫步朝城里走去。两个沙门单从他那仪态的沉静安详、端庄肃穆、无欲无求、自然随性便认出他来；他身上能见到的只是光明与和平。

"咱俩今天就要听他亲口讲经了。"果文达说。

悉达多没答话。他对经义不怎么有兴趣，不相信讲经能教给他新东西。他和果文达一样，早就反复听说过这位佛陀讲经的内容，尽管那都是来自第二手和第三手的报告。他倒是认认真真地观察着乔达摩的头、肩、脚以及他肃然垂着的手，觉得这只手的每根手指的每个关节都有学问，都会说话，都在呼吸，都散发出芳香，都闪耀着真理的光辉。这个人，这位佛陀，他地道、真实到了他那小指头的一静一动。这个人是位圣者。悉达多从来不曾像敬重他似的敬重任何人，从来不曾像爱他似的爱任何人。

两个小伙子跟着佛陀走到城边就默默返回了，他们打算今天戒食。他们看见乔达摩回来了，看见他跟弟子们围成一圈进食——他吃的东西，恐怕连一只鸟儿都喂不饱；他们看见他回到了芒果树的浓荫下。

入夜，暑热消退，林苑里到处都活跃起来，大家聚到一起听佛陀讲经。他们听着佛陀的声音，这声音也圆润完美，饱含着宁静，充满着和平。乔达摩阐述痛苦的意义，释解痛苦的根源，揭示消除痛苦的途径。他娓娓的讲述澄澈如水，似小溪般缓缓流淌。他说生即是苦，世界充满苦难，但是可以找到解脱痛苦的方法：谁走佛陀之路，谁就会获得解脱。

佛陀嗓音柔和而坚定地叙说着，阐明何谓四谛，何谓八道①。他耐心地坚持以惯用的说理、举例和重复的方式讲述着，声音洪亮而宁静地回响在听众头顶，好似一片亮光，一片星空。

夜深了，佛陀结束讲经，这时几个新来者走上前去请求加入团体，皈依佛理。乔达摩接纳了他们，说道："你们大概都听了我讲经，已经有所领悟。那就加入进来，步入神圣的殿堂，结束一切痛苦吧。"

瞧啊，生性羞涩的果文达这时也走上去说："我也愿意皈依尊者您和您的学说。"他请求佛陀收自己为弟子，随即也被接纳了。

---

① "四谛"是原始佛教关于人生为何具有苦恼和如何摆脱苦恼的四大真理，即苦谛、集谛、灭谛、道谛。"八道"，即正见、正思维、正语、正业、正命、正精进、正念、正定。

接着，佛陀退下去就寝。果文达转过来急切地对悉达多说道："悉达多，我本不该责怪你。咱们俩都听了佛陀讲经，都听到了他的教诲。果文达听了就皈依了它，可是你呢，我尊敬的人，难道你就不想走这条解脱之路么？难道你还要犹豫，还要等待么？"

　　听了果文达的话，悉达多如梦初醒。他久久凝视着果文达的脸，语气中毫无讽刺地低声说："果文达，我的朋友，现在你迈出了自己的步子，你选择了自己的道路。哦，果文达，你一向是我的朋友，一向对我亦步亦趋。我常想：没有了我，果文达会不会有朝一日也出于自己的意愿独自迈步呢？瞧，现在你成男子汉了，自行选择了你的道路。但愿你把这条路走到底，我的朋友！但愿你能获得解脱！"

　　果文达还没有完全明白悉达多的意思，又用不耐烦的口气重复自己的提问："你倒是说呀，求求你，亲爱的朋友！告诉我，怎么就不能不这个样子，你，我的博学的朋友，怎么就不能也皈依可敬的佛陀呢？"

　　"你没听明白我的祝愿，果文达，"悉达多把手搭在果文达肩上说，"我再重复一遍：但愿你能把这条路走到底！但愿你获得解脱！"

　　此刻果文达才看出来，朋友的心已经离他而去，便哭了起来。

　　"悉达多！"他哀号着。

　　"别忘了，果文达，"悉达多抚慰他说，"现在你已是皈依佛陀的沙门！你已发誓抛弃故乡和父母，抛弃出身和种姓，抛弃自己的意愿，抛弃友情。教义如此要求，佛陀如此要求，你自己也愿意如此。明天，哦，果文达，我就要离开你了。"

他们俩在小树林里转悠了很久，躺在床上也久久未能入眠。果文达再三追问他的朋友，要他告诉自己为什么不肯信奉乔达摩的学说，他在这一学说中发现了什么缺陷。可悉达多每次都回答："算了吧，果文达！佛陀的教诲非常好，叫我怎么发现它的缺陷？"

翌日清晨，佛陀的一个弟子，一个年长的和尚，跑遍林苑各处，把所有新皈依的门徒都召集到身边，让他们穿上黄色的僧衣，给他们讲解基本的教规，以及他们这个等级的职责义务。这时果文达又跑回来，再一次拥抱了自己儿时的好友，然后便加入了试修僧人的行列。

悉达多却漫步林苑，思绪联翩。

正巧这时乔达摩迎面走来，悉达多满怀敬畏地向佛陀致意。见佛陀满目仁慈与安详，小年轻就鼓起勇气，请求佛陀允许自己跟他谈一谈。佛陀默默点头，表示同意。

"哦，尊敬的佛陀，"悉达多说，"昨天我有幸聆听您精妙的讲经。我和我的朋友老远赶来，就是要聆听您的教诲。而今我的朋友已决定留下来，皈依在您身边，可我却要重新踏上旅程。"

"悉听尊便。"佛陀彬彬有礼地回答。

"我的话太狂妄，"悉达多继续说道，"可是，在把我的想法坦诚地告诉他之前，我不想离开佛陀。能不能劳驾佛陀您再听我讲一会儿呢？"

佛陀默默点头同意。

"最最尊敬的佛陀呀，"悉达多说，"您的教诲有一点我最佩服，就是您教诲的一切都清清楚楚、确凿无疑。您把世界比作一圈永不断裂的链子，一圈因和果连接成的永恒的链条，从来没谁阐释得这么清楚，这么无可辩驳。听了您视世界为一个完整的关联体，没有缺陷，透明如一块水晶，不依赖偶然，不仰赖神灵的教诲，每一个婆罗门的心，真的，都会在体内跳得更加强劲。不管世界是好是坏，尘世生活是苦是乐，都随它去，也许这并不重要——但是，世界统一不可分割，一切事物相互关联，大小事物都包含在同一潮流中，诞生、发展和死亡都遵循着同一规律。所有这些，都已为您的崇高教诲阐明了，至尊的佛陀啊。只不过呢，按照您自己的说法，这一万物的统一性和连续性却在一个地方断裂开了，通过这个小小的裂口，某种陌生的东西、某种新的东西、某种以前没有也不能显示和不能证明的东西涌入了这统一的世界：这小小的裂口就是您的关于超越尘世、获得解脱的教诲。可就是这小小的缺口，就是这小小的断裂，又整个破坏和瓦解了永恒和统一的世界法则。佛陀，但愿您能原谅我，原谅我这样质疑您的学说。"

佛陀静静地听他说，一动也没动。然后，他语气和蔼、礼貌而又清晰地说道：

"婆罗门之子啊，难得你听我讲经之后做了这么深入的思考。你发现了其中的一道裂缝，一个缺陷。但愿你继续思考下去。可是我要警告你，好学深思的人，你得警惕众说纷纭和言语之争。

问题不在于有各种各样的意见,美也罢,丑也罢,聪明也罢,愚蠢也罢,每个人都可以拥护它们,或者摒弃它们。可是你从我这儿听到的说教,并不是我的意见,其目的也不在于给求知者解释这个世界。它的目的另有所指,它的目的是教人解脱痛苦。这就是乔达摩讲授的内容,除此无他。"

"哦,尊者,但愿您别见怪,"年轻人说,"我刚才对您那么讲,不是要跟您争论,不是做言辞之争。您讲得确实有道理,众说纷纭没多大意义。不过,请让我再对您说明一点:我一刻也不曾怀疑过您。我一刻也不怀疑您就是佛陀,不怀疑您已达到目的,已达到成千上万婆罗门和婆罗门子弟正在努力追求的那个至高无上的目的。您已经找到摆脱死亡之道。它是您由于自身的探索,遵循自己的途径,通过思考、通过禅定、通过认识、通过证悟所获得的。您获得它不是通过讲经传道!这就是我的想法——哦,佛陀。没有谁能够通过讲经传道获得解脱!哦,尊者,没有谁,您能用话语和讲经来告诉他,在您大彻大悟的时候发生了什么!大彻大悟的佛陀的教诲内涵丰富,它教众人正确地生活,不做恶事。但是有一点,却没有包含在如此明晰、如此庄严的教诲里面:佛陀自身经历的秘密,在千千万万人中唯有他一个人经历的秘密。这就是我在听您讲经时的想法和认识,这就是我要继续漫游的原因——倒不是为了去寻找一种另外的学说,一种更好的学说,因为我知道并不存在那样的学说,而是为了脱离一切学说和一切老师,独自去达到我的目标,或者死去。然而,我会常常想到这一天,想到这一时刻,佛陀,因为我亲眼见到了一位圣者。"

佛陀两眼平静地注视着地面，恬淡宁静，容光焕发，高深莫测。

"但愿你的想法没有错！"佛陀缓缓地说，"但愿你能达到目的！可是请告诉我：你是否见到了我那一大群信徒，我那许多的兄弟，他们可都已皈依了我的学说。素昧平生的沙门呀，你是否以为，所有这些人也最好抛弃我的学说，重新回到享乐纵欲的世俗生活中去呢？"

"我远远没有这样的想法，"悉达多叫起来，"希望他们全都坚持信奉您的学说，全都达到自己的目标！我无权对别人的生活做出评判！我只需要为我，对我自己一个人，做出判断，做出选择，做出取舍。我们沙门都寻求摒除自我，佛陀。假设我是您的一名弟子，至尊的佛陀，我就会担心发生这样的情况：我的自我只是表象地、虚假地得到了安宁和解脱，实际上它却继续活着并长大，因为将来我会有自己的学说，会有我的追随者，会有我对您的爱，会使僧侣集团变成为我的自我！"

乔达摩似笑非笑，以不可动摇的明澈和友善的目光，注视着这个陌生青年的眼睛，用一个几乎看不见的手势告别了他。

"你很聪明，沙门，"佛陀说，"你话讲得很聪明，我的朋友，可当心别聪明得过了头！"

佛陀飘然走了，他的目光和似笑非笑的面容却永远铭刻在了悉达多的记忆里。

我还从来没见过谁像他这样顾盼、这样微笑、这样端坐、这样行走,悉达多想。真的啊,我希望自己也能这样顾盼和微笑,这样端坐和行走,如此自由自在,如此端庄可敬,如此深沉,如此坦荡,如此单纯却又神秘莫测。真的啊,一个人只有洞悉了自我内心深处的奥秘,才能这样顾盼、这样行走。是的,我也要努力洞悉自己的内心深处。

悉达多想,我见到了一个人,一个我在他面前不得不垂下眼帘的人。在其他任何人面前,我不想再低眉顺眼了,绝对不想。这个人的学说都没能吸引住我,就不会有任何学说能再吸引我。

这位佛陀夺走了我一些东西,悉达多想,他的确剥夺了我什么,可赐予我的却更多。他夺走了我的朋友,这个朋友原来听我的,现在却信奉了他,原来是我的影子,现在却成了他的影子。然而,他把悉达多送给了我,把我自己送给了我。

觉　醒

悉达多离开佛陀乔达摩留驻的林苑，离开他的朋友果文达留驻的林苑，他觉得好像把自己以往的生活也抛在身后，与之彻底决裂了。他慢慢走着，边走边思索充满他身心的这种感受。他沉思着，好像潜入一片深潭似的沉潜到了这一感觉的底部，一直到了它根由之所在，因为他觉得，思考正是要认识事物的根由，只有认识事物的根由，感觉才能上升为认知，才不至于迷失，才会变为实体，开始放射出内在的光彩。

悉达多一边沉思，一边缓缓前行。他发觉自己不再是个年轻小毛头，而已成为一名成年男子。他发觉自己就像蛇蜕了一层老皮似的丢掉了一样东西，这东西一直属于他，陪伴了他整个青少年时代，现在却已不复存在了，就是拜师求教的愿望。在他人生道路上出现的最后一位老师，那最高贵、最聪明的老师，即这位佛陀，他同样不得不离开他，与他分道扬镳，没办法受他的教诲。

这位思索者走得更慢了，边走边问自己："可你原本想通过修行从老师们那儿学到什么呢？那些曾经教过你的人无法教给你的东西又是什么呢?"

他找到了答案:"那是自我,我想学的就是自我的意义和本质。我要摆脱和克服的就是自我。但是我没法克服自我,只能蒙骗自我,只能在它面前逃走,只能在它面前躲起来。真的,世间万物没有什么像这个自我似的让我费尽心思。它就是这么一个谜:我为什么活着,并且是区别于其他所有人的一个人,为什么我是悉达多!而世间万物,我最不了解的却莫过于我自己,莫过于悉达多!"

缓步前行的思考者停住脚步,完全被这个想法给迷住了,接着从这个想法又蹦出另一个想法,一个新的想法:"我对自己一无所知,对悉达多始终极为陌生,很不了解,究其原因只有一个,唯一一个:我惧怕自己,逃避自己!我寻求阿特曼,我寻求婆罗门,我情愿分割和剥离自我,以便在不为人知的内心深处找到一切皮壳的内核,也就是找到阿特曼,找到生活,找到神性,找到终极意义。谁知这样一来,我却迷失了自我。"

悉达多抬眼环顾四周,脸上慢慢绽露出了笑容,一种大梦初醒的感觉浸透了他的全身,从头顶直到脚趾。他立马又迈开大步向前走,向前跑,如同一个清楚知道自己要去干什么的男子汉。

"哦,"他长长舒了一口气,心想,"现在我不愿再让悉达多逃离我!我不愿再用阿特曼和尘世的苦难来做我思考和生活的出发点。我不愿再杀戮和肢解自己,以便在残骸后面发现秘密。我不想再学《夜柔吠陀》，不想再学《阿闼婆吠陀》①，不想再当苦行僧，也不想再信奉什么教义。我要学习我自己，当自己的学生；我要了解我自己，了解悉达多的秘密。"

他环视四周，就好像第一次睁眼看世界。世界多么美好，多么五光十色，多么奇妙迷人！眼前有蓝色，有黄色，有绿色，云天在飘移，河水在流动，森林高高伫立，山岭静静耸峙，一切都那样美丽，那样神秘和充满魔力。而他置身其中，是个正在觉醒的人，是个正在走向自我途中的人。所有这一切，这黄色和蓝色，这河流和森林，第一次通过眼睛映入了悉达多心中，不再是魔罗②的法术，不再是玛雅③的面纱，不再是世间万象无意义的、偶然的纷然杂存，不再受到鄙弃繁复多样、寻求和谐统一的婆罗门沉思者轻视。蓝色即蓝色，河流即河流，即便在悉达多眼里，蓝色与河流也蕴含着同一性和神性。神性的存在方式和意义正体现于此，这里是黄色、蓝色，那里是天空、森林，悉达多就在这里。意义和本质并不在事物背后的什么地方，而就在事物内部，在万事万物内部。

"我曾经多么麻木不仁啊！"这个匆匆前行的人心里嘀咕，"一个人读一篇经文，探寻它的含义，他就不会藐视那些词语和

---

① 《夜柔吠陀》和《阿闼婆吠陀》均为印度教经典，与《梨俱吠陀》《娑摩吠陀》一起组成最古老的吠陀本集，通称"四吠陀"。

② 魔罗或摩罗，印度教信仰中的魔，魔鬼。鲁迅所著《摩罗诗力说》以摩罗为反叛诗人的化身。

③ 玛雅，印度教信仰中的幻境女神。

字母，称它们为假象、偶然和没有价值的皮壳，而是要仔细阅读它们，钻研和热爱它们。可我呢，我想阅读世界这本书，阅读我自身存在这本书，却为了迎合一个预先臆测的含义而轻视这些词语和字母，称现象世界为假象，称自己的眼睛和舌头为偶然和无价值的现象。不，这已经过去了，我已经苏醒转来，我确实已经觉醒，今天才刚刚获得新生。"

悉达多这么想着，又一次突然停下脚步，就好像有一条蛇横躺在他面前的路上。

原因是他恍然大悟：他确实是个觉醒者或者新出生者，他必须完全重新开始自己的生活。那天早上，他离开耶塔瓦纳林苑，离开佛陀的林苑的时候，已经开始觉醒，已经走在通向自我的路上。那时他的意图是，也理所当然的应该是：在经过多年苦修之后，返回自己的故乡，返回到他的父亲身边去。可是现在，就在眼前仿佛横着一条蛇似的突然停住脚的这一瞬间，他却又清醒地意识到："我不再是原来的我，不再是个苦行者，不再是个僧人，不再是个婆罗门。我回到家里，回到父亲身边，又能做什么呢？钻研？祭祀？打坐？沉思？这一切都过去了，这一切都不再是我的途经之地。"

悉达多一动不动地站着，在一瞬间，在一次呼吸之间，他的心冷如寒冰，就像一只看见自己形单影只的小动物，一只鸟儿或者一只兔子，突然感到自己的心在胸口冻僵了。他多年来漂泊四方却无所感觉，而今他的这个感觉苏醒了。即使在早已成为过去的苦行潜修中，他依然是他父亲的儿子，是位种姓高贵的婆罗门,是个有教养的知识分子。现在他只是悉达多,只是一个觉醒者,除此之外什么也不是。他深深吸了一口气,在一瞬间感到浑身发冷,脊背寒栗。没有谁像他这么孤独。没有一个贵族不属于贵族的圈子,没有一个工匠不与工匠为伍,可以在同类那儿找到依靠,可以分享他们的生活,说他们的语言。没有一个婆罗门不被视为婆罗门,和婆罗门生活在一起;没有一个苦行僧不以沙门阶层为归属,即使是森林中与世隔绝的隐士,也并非孤零零的一个人,也为自己的归属感所环绕,也属于一个阶层,这便是他的精神家园。果文达当了僧人,上千的僧人都是他的弟兄,都穿他同样的衣服,都信奉他同样的信仰,都讲他同样的语言。可他悉达多呢,何处是他的归属?他将分享谁的生活?他将说谁的语言呢?

打这一刻起,他周围的世界消失了,他像夜空中的孤星似的立身于其中的广袤世界消失了。打这一刻起,悉达多浮出了寒冷和沮丧的冰河,凝聚成了比先前任何时候都更加坚强的自我。他感觉,这便是觉醒的最后一下寒战,新生的最后一次痉挛。接着他重又迈开大步,急匆匆地迅速朝前走,不再是回家,不再是去父亲那儿,不再走回头路。

第二部

珈玛拉

悉达多在他的路上每走一步都学到新的东西，因为世界变了，世界的变化令他心醉神迷。他看见太阳从林木茂密的群山上升起，又在远方的棕榈海滩后落下。他看见夜空中星罗棋布，弯月如一叶小舟在蓝天中游弋。他看见树木、星斗、动物、白云、彩虹、岩石、野草、鲜花、小溪与河流，看见清晨的灌木丛中露珠闪烁，远方的高山泛着淡蓝色和灰白色的光，听见百鸟啼鸣，蜜蜂嘤嘤嗡嗡，清风飒飒吹过稻田。这一切千变万化，五彩缤纷，一直存在于那里，日月总在照耀，河水总在喧腾，蜜蜂总在嘤嘤嗡嗡。然而从前，这一切只像一片呈现在悉达多眼前的轻纱，虚无缥缈，似真若幻，带着怀疑细细一瞧，就注定要被思想穿透和消解，因为它们并非本质，本质处于他可见的那一边。而今，他得到解放的眼睛停留在这一边，看见和认出了可见的东西，在这个世界上寻找家园，不是探究本质，目标不对着那一边。世界将是美好的，只要你就这么看它，不做探究地看它，单纯地、天真地看它。月亮和星星美丽，小溪和河岸美丽，还有森林和山岩、山羊和金龟子、鲜花和蝴蝶也都美丽。这样漫游世界，这样天真地、清醒地、心胸开阔地、坦诚而无戒心地漫游，世界的确美好又可爱。让太阳直晒头顶别有一番滋味，在树荫下乘凉别有一番滋味，小溪和池塘中的水喝起来别有一番滋味，南瓜和香蕉吃起来别有一番滋味。白天显得短促，夜晚显得短促，每一个小时都匆匆即逝，如同大海上驶过的一张帆，帆下面是一艘满载珍宝和欢乐的船。悉达多看见一群猴子在高高的树梢上游荡，在枝丫间嬉戏，并且听见它们野性的、贪婪的啼声。悉达多看见一只公羊追着一只母羊与之交媾。傍晚，在一片芦苇荡里，他看见梭子鱼饿得捕食小鱼，成群的小鱼被它追得扑腾翻滚，惊恐万分地跃出水面，一片银光闪闪。凶猛的捕食者搅起一阵阵漩涡，漩涡中喷发出激情和力量的芳馨。

一切原本如此，只是他从前视而不见，因为他心不在焉。现在他成了有心人，他已是其中一员。光和影映入了他的眼睛，星星和月亮映入了他的心田。

在路上，悉达多又想起在耶塔瓦纳林苑经历的一切，想起在那儿听过的教诲，想起神圣的佛陀，想起他与果文达的话别，想起他与那位尊者的谈话。他回忆自己当时对佛陀讲过的话，想起他讲的每一句话，惊讶地发现自己居然讲了当时他还根本不知道的事情。他对乔达摩说：佛陀的珍宝和秘密并非学问，而是佛陀在证悟时体验到的不可言传、无从传授的东西——这也正是他现在准备体验、开始体验的东西。现在他必须体验自我。他早就清楚他的自我正是阿特曼，具有婆罗门的永恒的本质。可是他从来没有真正找到过这个自我，因为他原来想用思想之网去捕捉它。

如果说身体不是自我，感官的游戏不是自我，那么思想也不是自我，理性也不是自我，学习得来的智慧也不是，习得的推导出结论的技巧、从已有的思考推导出新思想的技巧也不是。不，这个思想世界仍然属于尘世，为了喂肥那偶然的思想和学问的自我，却扼杀掉这偶然的感觉的自我，是达不到什么目的的。思想和感觉，两者都很可爱，两者背后都藏着终极意义，两者都值得倾听，都值得打交道，都既不可轻视也不可高估，应该从这两者中聆听内心深处的隐秘声音。悉达多只想追求这个声音命令他追求的东西，只想在这个声音建议他逗留的地方逗留。当初，乔达摩在证悟的时候，为什么是坐在菩提树下？因为当时他听见了一个声音，一个发自他内心的声音，这声音要他在这棵树下歇息，他并没有先进行苦修、祭祀、沐浴或祈祷，他没吃也没喝，没睡觉也没做梦，而是听从了这个声音。他这么听从了，不是听从外来的命令，而只是听从这内心的声音，心甘情愿地听从这声音；这是对的，是必要的，其他一切都不必要。

那天夜里，悉达多睡在河边一名船夫的茅草房里，做了一个梦：果文达站在他面前，穿着一件苦行僧的黄色僧衣。果文达的样子看起来很伤心，他忧伤地问："你为什么离开我？"于是他拥抱了果文达，伸出两臂将他搂住，把他紧紧抱在胸前亲吻。谁知这时他不再是果文达，而是变成了一个女人，从女人的衣裳里绽露出丰满的乳房，悉达多凑在乳房上吮奶，这乳房的乳汁又甜又浓。奶水散发着女人和男人的味道，太阳和森林的味道，动物和鲜花的味道，以及种种果实的味道，种种乐趣的味道。它令人陶醉，令人醉得不省人事。悉达多醒来后，看见灰白的河水透过茅屋的小门闪着微光，听见树林里远远传来一只猫头鹰神秘的啼叫，深沉而又响亮。

天亮了，悉达多请求款待他的主人，也就是那个船夫，摆渡他过河。船夫用竹筏送他过了河，晨曦中，宽阔的河面闪烁着淡淡的红光。

"真是一条美丽的河流。"他对船夫说。

"是的，"船夫应道，"一条很美丽的河流，我爱它胜过一切。我常常倾听它的声音，凝视它的眼睛。我经常向它学习，向一条河可以学到很多东西。"

"我感谢你，好心人，"悉达多边上岸边说，"我没有礼物送给你，亲爱的，也付不出船钱。我是个无家可归的人，是个婆罗门之子和沙门。"

"我看出来了，"船夫回答，"我也不指望得到你的酬谢，也不想要你的礼物。以后你会送我礼物的。"

"你相信吗？"悉达多高兴地问。

"当然。这也是向河水学到的：一切都会再来！你这位沙门也会再来。喏，再会吧！但愿你的友情成为对我的酬谢，但愿你在祭祀神灵时能想起我！"

他俩笑眯眯地分了手。船夫的友好亲切叫悉达多高兴得微笑了。"他就像果文达，"他含笑想道，"我在途中遇见的所有人都像果文达，大家都心怀感激，尽管有权得到感谢的是他们自己。大家都谦恭有礼，都乐意做别人的朋友，都乐意听从别人的意见，很少有自己的想法。人们都像是孩子。"

中午时分，他穿过一座村庄。一群小孩儿在几间土坯小屋前的巷子里打滚，玩南瓜子和贝壳，叫叫嚷嚷，打打闹闹，可一看见这个陌生的沙门就全都吓跑了。在村头，道路穿过一条小溪，一个年轻女子正跪在溪边洗衣服。悉达多向她问好，她抬起头来含笑瞥了他一眼，他看到她眼球的白色部分闪亮了一下。他按照行路人惯常的方式打了招呼，才问去前边的大城市还有多远。她直起身，走过来，年轻的脸上那嘴唇丰润动人。她跟他说笑，问他吃过饭没有，问沙门夜间是不是真的独自睡在树林子里，身边不允许有女人。她边说边把她的左脚踏在悉达多的右脚上，做出女人挑逗男人跟她共享欢爱时常有的动作，也就是《爱经》里所谓的"爬树"。悉达多顿时感到热血沸腾，猛然想起他昨晚做的那个梦，便朝那女人微微弯下腰去，噘起嘴唇吻了吻她乳房的深褐色乳头。他仰着脸，看见她满含欲望的微笑，眯缝着的眼睛里燃烧着如火的渴求。

悉达多也感到欲火中烧，性的涌泉喷发在即，可因为他还从来没有接触过女人，便犹豫了一下，只是双手已经准备向她伸去。就在这一刹那，他惊惧地听见了自己内心的声音，这声音对他说"不"。于是年轻女人的笑脸顿时失去了所有魅力，他看见的只是一头发情的雌兽湿润的眼睛。他友好地摸摸她的脸颊，随即转过身去，步履轻快地走进竹林，消失在了深感失望的女人眼前。

这天傍晚，他来到了一座大城市；他很高兴，因为他渴望与人亲近。他已经在森林里生活了很久，昨天夜里他睡在船夫的茅草屋里，那是他很久以来头上第一次有房顶。

在城郊一座围着篱笆的美丽林苑旁，流浪汉悉达多遇见一小群男女仆人，手里都提着篮子。他们簇拥着一乘四个人抬的装饰华丽的小轿，轿子里坐着一个女人；她坐在红色坐垫上，头上撑着一顶色彩鲜艳的遮阳篷，显然是林苑的女主人。悉达多在林苑大门口停下来，看着这一行人走过。他看见了男仆、女佣和篮子，看见了轿子以及坐在轿子里的贵妇人。只见她高耸的乌黑秀发下面有一张异常明朗、娇媚和聪慧的脸，鲜红的嘴唇犹如一枚新剖开的无花果，眉毛修饰成了弯弯的新月，乌黑的眼睛聪明而机警，光洁、细长的脖子从绣金的绿上衣中伸出，两只手光滑而又修长，手腕上戴着宽宽的金镯子。

见她如此美丽，悉达多不禁心花怒放。轿子走近了，他深深躬下身，随后又直起身来望着那张靓丽迷人的脸蛋，盯着那双聪慧的杏眼瞧了好一会儿，呼吸到了一股他从来不曾嗅到过的香味。俏丽女人笑吟吟地点点头，一眨眼，就消失在了林苑里，身后跟着那群仆人。

好兆头，我一进城就碰上个美人儿，悉达多暗忖。他巴不得立刻走进林苑去，却又生出了疑虑，猛然想到那些男仆女侍在大门口是怎样打量他，目光是多么轻蔑、多么狐疑、多么排斥。

我只是个沙门，他想，还是个苦行僧和乞丐。我可不能这么站在这儿，可不能这么走进林苑去。想着想着，他笑了起来。

他向路上走过来的头一个人打听这座林苑是谁的，那位贵妇人叫什么名字，得知这是名妓珈玛拉的林苑，她除了这座林苑，在城里还有一幢宅邸。

随后他进了城。他现在已有一个目标。

追随着自己的目标,悉达多听凭自己被吸吮进了这座城市里,在大街小巷游荡,在一个个广场上伫立,在河边的石阶上坐卧。傍晚时分,他认识了一个理发馆伙计,先是看见他在一座拱门的阴影里干活,随后又碰见他在一座毗湿奴①寺庙里祈祷,于是他给这伙计讲了毗湿奴和吉祥天女的故事。当天夜里,他睡在河边的小船旁;第二天一早,在头一批顾客光顾理发店之前,他就让那位伙计给他刮了胡子,剪了头发,并将头发梳理好,抹上了上好的头油。然后他又去河里沐浴。

下午,当美丽的珈玛拉又坐着轿子走近林苑时,悉达多已经站在大门口,向这位名妓鞠躬敬礼,并且也得到了她的还礼。他向走在队列末尾的仆人招招手,请他报告女主人,说有个年轻的婆罗门想跟她谈谈。过了一会儿,那个仆人回来叫悉达多随他进去,然后默默领着他走进了一间亭子,珈玛拉正半躺在一张软榻上。仆人走了,留下他独自跟她在一起。

"你不是昨天就站在大门口向我问过好吗?"珈玛拉问。

"是的,我昨天就见过你,向你打过招呼。"

"可你昨天不是留着胡子,头发也长长的,头发上还满是灰尘吗?"

"你观察得真仔细,什么都看到了。你看见的这个人叫悉达

---

① 印度教三相神之一,与创造之神梵天和毁灭之神湿婆并列,为保护之神。

多，一位婆罗门的儿子，离开家乡想成为沙门，已经当了三年的沙门。可是现在我已离开那条路，来到了这座城市，而在跨进城门之前，我碰到的第一个人就是你。哦，珈玛拉，现在我来找你，就是要告诉你这个！你是第一个让悉达多不再低眉顺眼对她说话的女人。从今以后，我要是再遇见漂亮女人，就不会再低眉顺眼啦！"

珈玛拉微微一笑，手里玩弄着她那把孔雀毛扇子，问道："悉达多，你来见我，难道就为跟我说这个吗？"

"是为跟你说这个，也为感谢你长得这么美。再有，要是你不嫌讨厌，珈玛拉，我想恭请你做我的朋友和导师，因为对于你擅长的那种艺术，我真是一窍不通。"

珈玛拉一听大声笑起来。

"朋友，我还从来没有碰到过一个沙门从森林里来找我要跟我学习的事！我还从来没碰到过一个披头散发、围着块破旧遮羞布的沙门来找我的事！有好多年轻小伙子来找我，其中不乏高贵的婆罗门子弟，但他们一个个都衣着华美，鞋履雅致，头发散发着香味，钱包胀鼓鼓的。你这个沙门啊，年轻人来找我可都是这个样子哦。"

"我已经开始跟你学习了，"悉达多说，"昨天就已经开始学了。我已经刮掉了胡子，梳好了头发，抹上了头油。你这聪慧的美人儿呀，我还缺很少几样东西，不过就是：华丽的衣服，漂亮的鞋子，鼓胀的钱包！区区小事罢了，你要知道，悉达多曾做过比这更加困难的事情，而且都达到了目的！昨天我已决定成为你的朋友，跟你学习爱的欢乐，又怎么会达不到目的呢！你会看到我勤奋好学，珈玛拉，我曾经学习过比要你教我的功课更难的功课。好吧，悉达多像今天这个德性，头发上抹了油，却没有衣服，没有鞋子，也没有钱，是不是就不能称你心意呢？"

"噢，宝贝儿，"珈玛拉笑着大声说，"确实还不行。你必须有衣服，有漂亮衣服，有鞋子，有漂亮鞋子，必须钱包里有大把的钱，还得送礼物给珈玛拉。现在你明白了吗，来自森林里的沙门？你记住了吗？"

"我记住了，"悉达多叫道，"从这样一张嘴里说出来的话，我怎么会记不住呢！你的嘴像一只新剖开的无花果，珈玛拉。我的嘴也是又红又鲜嫩，跟你的嘴正好般配，你会瞧见。不过，告诉我，美丽的珈玛拉，你真就一点不怕这个从森林里来找你学习情爱的沙门吗？"

"我干吗要怕一个沙门，一个来自森林、曾经跟狼群混在一起的沙门，一个根本不知道女人为何物的傻沙门呢？"

"哦，这个沙门他很强壮，他无所畏惧。他可能强迫你顺从他，美丽的姑娘。他可能抢走你，还可能使你痛苦。"

"不，沙门，这我可不怕。一个沙门或一位婆罗门，难道会害怕有谁来抓住他，来夺走他渊博的学识，夺走他的虔诚和他深邃的思想？不会，因为这些都属于他所有，他只会愿意给什么就给什么，愿意给谁就给谁。事情就是如此，珈玛拉的情况也同样如此，爱情的欢乐也是一个样。珈玛拉的嘴唇的确鲜美、红润，可你试试违背珈玛拉的意愿去吻吻它看，你绝不会从它那儿尝到一丁点儿甜头，尽管它本来是很甜很甜的！你虚心好学，悉达多，那你也学学这个吧：爱情可以乞求，可以购买，可以当礼物收受，可以在街上捡到，却不可能靠抢夺获得！你打错了主意。不，像你这么英俊的小伙子竟出此下策，真叫人遗憾。"

悉达多笑眯眯地鞠了一躬。"是很遗憾，珈玛拉，你说得非常对！真是太遗憾啦。不，我可不愿失去你嘴唇的一点一滴甜蜜，也不愿失去我嘴唇可以给你的一点一滴甜蜜！那么好吧，等悉达多有了他所缺少的东西，有了衣服、鞋子和钱，他还会再来的。不过，你说，甜蜜的珈玛拉，你就不能再给我提个小小的建议么？"

"提个建议？干吗不能呢？一个从森林和狼群中来的小沙门，可怜又无知，有谁会不乐意给他出个主意呢？"

"亲爱的珈玛拉，那就请你告诉我，我去哪儿能尽快得到那三样东西呢？"

"朋友，好多人都想打听这个。你必须去做你已经学会做的事，从而弄到钱，还有衣服，还有鞋子。一个穷人想有钱别无他法。你到底会干什么哟？"

"我会思考。我会等待。我会斋戒。"

"没有别的了？"

"没有了。不对，我还会作诗。你愿意用一个吻交换我一首诗吗？"

"我愿意，如果我喜欢你的诗的话。到底是什么样的诗呢？"

悉达多沉吟了一会儿，随后吟诵道：

> 美丽的珈玛拉走进她阴凉的林苑,
> 林苑门前站着披褐色僧袍的沙门。
> 见到艳丽的莲花,他深深一鞠躬,
> 珈玛拉含笑点头,殷殷表示谢忱。
> 年轻人想,祭祀神灵也诚然可喜,
> 更可喜却是为美丽的珈玛拉献身。

珈玛拉大声鼓掌,金手镯叮叮当当碰响起来。

"你的诗挺美,披褐色僧袍的沙门,也真是呢,我要换给你一个吻,也没有任何损失呀。"

她用秋波召他过去,他呢,便把脸俯到她的脸上,把嘴唇贴到她那宛如一只新剖开的无花果似的红唇上。珈玛拉久久地吻着他,悉达多深为惊讶,感觉到了她正在教他,聪明而巧妙地教他;他感到她的嘴唇如何先控制住他,随即又把他拒让开去,然后再将他吸引回来;他感到第一个吻之后,等待着他的是一长串安排巧妙、屡试不爽的亲吻,每个吻之间都有所区别。悉达多气喘吁吁地站在那儿,面对着展现在面前的学不完的宝贵知识,真像个孩子似的惊讶得瞪大了眼睛。

"你的诗挺美,"珈玛拉大声说,"我如果很富有,我会付给你金币。可是,要想靠作诗来挣到你所需要的钱,恐怕很困难,因为你想成为珈玛拉的相好,需要很多很多钱。"

"你真会亲吻啊,珈玛拉!"悉达多结结巴巴地说。

"是的,我很会,所以我也就不缺衣服、鞋子、手镯以及所有漂亮的东西。可你怎么样呢？除了思考、斋戒和作诗，你别的什么都不会吗？"

"我还会唱祭祀歌曲，"悉达多说，"可是我不愿再唱了。我会念咒语，可我也不愿再念。我读过经书——"

"等等！"珈玛拉打断他，"你会读书？还会写字？"

"我当然会。不少人都会。"

"多数人不会！我也不会。好极了，你会读书写字，好极了！还有那些咒语，你会用得着！"

这时跑进来一个侍女，向女主人低声通报消息。

"来客人了，"珈玛拉大声说，"快走快走，悉达多，记住，别让任何人看见你在这儿！明天我再见你。"

她随即吩咐侍女给了虔诚的婆罗门一件白上衣。还没等悉达多弄明白是怎么回事，他已经被侍女拽着，绕来绕去进了一幢花园里的屋子。他随后又得到一件上衣，被侍女送进了灌木林，同时她叮嘱他马上离开林苑，别让人看见了。

悉达多心满意足地照办一切。树林他早就习惯了，便无声地溜出林苑，翻过了篱笆。他满意地回到城里，胳臂下夹着卷起来的衣服。他站在一家人来人往的旅舍门口，默默地化缘，默默地收下了一个饭团。他心想，也许明天我就不用再向任何人化缘了。

他心中突然燃起自尊的火焰。他不再是沙门，不适合再向人家化缘了。他把饭团丢给了一只狗，自己断了粮。

"人活在这个世界上其实很简单，"他心想，"没啥大不了。

我当沙门时一切都很难，都很吃力，到头来却毫无希望。可眼下一切都很轻松，轻松得像珈玛拉给我上的亲吻课。我只需要衣服和钱，没有别的，这都是些很小很近的目标，不会搞得人睡不着觉。"

他早已打听到珈玛拉在城里的住处，第二天便找到了那儿。

"好极啦，"珈玛拉朝他喊，"迦马斯瓦弥正等着见你。他是本城最富有的商人。要是他喜欢你，就会给你个差事。放聪明点儿，皮肤黝黑的沙门。我通过别人向他介绍过你。对他亲热点，他很有势力。可也别低声下气！我不愿意你做他的仆人，你应当成为他的同类，不然我不会满意你。迦马斯瓦弥已经开始上年纪，性情也变得随和了。他要是喜欢你，就有的是事给你做。"

悉达多谢过她，面带着笑容；珈玛拉得知他昨天和今天完全没进食，就叫人拿来饭和水果款待他。

"你真有运气，"她在送走他时说，"一扇又一扇门都为你敞开。怎么回事啊？是你会魔法吗？"

"昨天我就告诉你了，"悉达多回答，"我会思考、等待和斋戒，而你却以为这些一点用都没有。其实呢，它们都很有用。珈玛拉，你等着瞧吧。你会看见，森林里的傻沙门学会了许多你们不会的本领。前天我还是个蓬头垢面的乞丐，昨天我就吻了珈玛拉，而且很快将成为一名商人并且很有钱，有你所看重的一切东西。"

"就算是吧，"她承认，"但是如果没有我，你又会怎么样呢？如果珈玛拉不帮你，你又会怎么样呢？"

"亲爱的珈玛拉，"悉达多挺直身子说，"我来到你的林苑便迈出了第一步。我打定主意要向这个美丽无双的女人学习爱情。从那一刻起，我就知道我能实现它。我知道你会帮助我，在林苑门口你看我第一眼时，我就知道了。"

"可要是我不愿意呢？"

"你不是愿意了嘛。瞧，珈玛拉，如果你把一块石头扔进水里，它会循着最快的路径迅速沉到水底。假如悉达多有了一个目标，一个打算，情况也会如此。悉达多并不做任何事情，他只是等待，只是思考，只是斋戒，却会像石头穿过水一样穿过世间万物，用不着做什么，用不着行动，他只被吸引，只让自己沉下去。他的目标吸引着他，因为他不让任何跟他目标相违背的东西进入自己的内心。这就是悉达多在沙门那里学到的本领。这就是傻瓜们所谓的魔法，并且他们认为是魔鬼搞出来的事情。没有任何东西是魔鬼搞出来的，压根儿就没有什么魔鬼！要说魔法嘛，每个人都会，只要他会思考，会等待，会斋戒，每个人就都能达到自己的目的。"

珈玛拉细心听着。她喜欢他的声音，喜欢他的目光。

"也许是吧，"她低声说，"就像你说的，朋友。也许还因为悉达多是个美男子，女人都喜欢他的目光，所以他总是碰上好运气。"

悉达多以一吻向她告别，说："但愿如此，我的老师。但愿你永远喜欢我的目光，但愿我从你这儿永远得到好运气！"

尘　世

悉达多去拜访商人迦马斯瓦弥，被指引进了一幢富丽堂皇的宅子。仆人领他走过珍贵的地毯，进入一间房间，在那儿等候主人。

迦马斯瓦弥进来了，是个敏捷、干练的男子，头发已经花白，目光机灵、谨慎，嘴巴却显出贪婪。主客二人寒暄起来。

"人家告诉我，"商人开口道，"你是位婆罗门，是位学者，想找商人谋个差事。你难道陷入了困境，婆罗门，所以要来找工作吗？"

"不，"悉达多回答，"我没有陷入困境，从来也没陷入过困境。要知道，我是长期过过沙门生活的。"

"既然你从沙门那儿来，又怎么没有陷入困境呢？沙门不都一贫如洗吗？"

"我确实没有财产，"悉达多回答，"如果这就是你所谓困境的意思，那我确实一贫如洗。可我是自愿的，所以并未陷入困境。"

"你既然一贫如洗，又打算靠什么为生呢？"

"这点我还从来没想过，先生，我一贫如洗已经三年多了，却从没想过靠什么生活。"

"那么，你是靠别人的产业过活了。"

"可能是吧。可商人不也靠别人的财产为生吗？"

"说得是。不过，他不从别人那儿白拿他的一份，他把自己的商品卖给了他们。"

"情况看来就是如此。每个人都索取，每个人都付出，这就是生活。"

"可是请问，既然你一贫如洗，你又想付给人家什么呢？"

"每个人付出他所拥有的东西。士兵付出力气，商人付出商品，教师付出学识，农民付出稻谷粮食，渔夫付给人鲜鱼。"

"很好。那你准备付出的是什么呢？你学过什么？你会什么？"

"我会思考。我会等待。我会斋戒。"

"就这些吗？"

"我想就是这些。"

"这些又有什么用呢？比如说斋戒，它有什么好处呢？"

"它大有好处，先生。如果一个人没有饭吃，斋戒就是他最明智的选择。比方说，悉达多如果没有学会斋戒，那他今天就必须找一份工作，不管是在你这儿，还是在别的什么地方，因为饥饿会迫使他这么做。可是悉达多却可以心平气和地等待，他不会急躁，不会窘迫，可以长时间忍受饥饿的困扰，而且对此一笑置之。先生，这就是斋戒的好处。"

"有道理,沙门。请等一等。"

迦马斯瓦弥走了出去,拿着一卷纸回来递给客人,问道:"你会读这个吗?"

悉达多定睛看那卷纸,上面记录的是一份购货合同,便开始读出合同内容。

"好极了,"迦马斯瓦弥说,"你可以在这张纸上给我写点什么吗?"

他递给悉达多一张纸和一支笔,悉达多马上写了递还给他。

迦马斯瓦弥念道:"书写有益,思考尤佳。明达有益,忍耐尤佳。"

"写得真棒,"商人夸奖说,"有好多事咱们以后还可以再谈。今天我只邀请你做我的客人,在我这房子里住下来。"

悉达多道过谢,接受了邀请,从此便住在商人家里。人家给他送来了衣服、鞋子,还有一个仆人每天给他准备洗澡水。白日里有两餐丰盛的饭菜,可悉达多只吃一餐,而且既不吃肉,也不喝酒。迦马斯瓦弥给他讲自己的生意,领他看货物和仓库,还教他算账记账。悉达多学会了许多新东西,但听得多说得少。他牢记珈玛拉的话,从来不对商人低声下气,迫使他对自己平等相待,甚至超越了平等相待。迦马斯瓦弥小心谨慎地经营自己的生意,投入了很大的热情,悉达多却视这一切如同游戏,他努力准确掌握游戏的规则,对游戏的内容却毫不动心。

他到迦马斯瓦弥家不久,就帮着主人家做生意了。但是每天一到珈玛拉跟他约定的时间,他就去拜访她,穿着漂亮的衣服、精致的鞋子，不久还给她带了礼物。她那红润、聪明的小嘴教会了他许多，细嫩、圆润的双手也教会了他许多。他在情爱方面还是个孩子，很容易盲目地、不知餍足地堕入情欲的深渊。所以，珈玛拉就从头教起，让他懂得要想自己快乐，就得给人快乐；懂得每一种举动，每一次抚摸，每一回接触，每一道目光，身体的每一个最细小的部位，都自有其秘密，而唤醒这秘密，就会带给知情者幸福满足。她教他，在一次爱的盛典之后，相爱者如果没有相互佩服、惊叹，没有既征服了对方又被对方征服了的感觉，就不可以分开，以免双方有任何一方产生厌倦和乏味，产生那种勉强了人家或被人家勉强的恶心感觉。在美丽而聪慧的女艺术家身边，悉达多享受了许多美妙时光，成了她的学生、她的爱人和她的朋友。他现时生活的价值和意义，完全在珈玛拉这儿，而不是在迦马斯瓦弥的生意当中。

商人把草拟重要信函和合同的事全交给了他，并且习惯了跟他商量所有重要的事情。他很快就看出，悉达多对大米和棉花、船运和贸易所知不多，但是运气很好，而且在沉着镇定方面，在善于倾听他人意见和洞察他人心思方面，胜过了他这个商人。

"这个婆罗门啊，"他对一个朋友说，"他不是个真正的商人，永远都不会是，他的心永远不会产生做生意的热情。可他拥有那种自动获得成功的人的诀窍，也不知是因为他天生福星高照，还是会魔法，或是他从沙门那儿学到了什么高招。做生意对他似乎只是游戏，从来不会叫他全心全意，从来不会完全控制住他，他也从来不怕失败，从来不担心亏本。"

那朋友建议商人："你交些生意给他做，赚了分三分之一红利给他；倘使亏了，也让他承担亏损的三分之一。这样，他就会积极一些了。"

迦马斯瓦弥接受了这个建议。可是悉达多仍然漫不经心，赚了就不动声色地收下，赔了就笑笑说："嗨，瞧瞧，这次又搞砸了！"

事实上，他似乎对做生意无所谓。一次他去一个村庄收购一批刚收获的稻谷，可当他到达时，稻谷已经卖给了另一个商人。然而，悉达多还是在村子里待了几天，他招待农民们吃喝，给农民的孩子们铜币，还参加了一个村民的婚礼，然后才心满意足地回来。迦马斯瓦弥责备他没有及时返回，浪费了时间和金钱。悉达多却回答："别骂啦，亲爱的朋友！靠骂从来得不到什么。既然亏损了，我就担着吧。我很满意这次旅行。我结识了各种各样的人，一位婆罗门成了我的朋友，孩子们骑在我的膝头玩耍，农民们领我看他们的田地，谁都没把我当成一个商人。"

"这一切都挺美妙，"迦马斯瓦弥不高兴地嚷道："可实际上你却是个商人，我得说！难道你这次去只是为了自己消遣吗？"

"当然啦，"悉达多笑道，"我这次去当然是为我消遣。要不为了什么？我熟悉了一些人和一些地方，我享受了殷勤款待和信任，我赢得了友谊。瞧，亲爱的，假如我是你迦马斯瓦弥，我一见生意落了空，就会满怀气恼地匆匆赶回来，可实际上时间和金钱已经损失了。而我呢，却好好地过了几天，学到了东西，享受了快乐，既没有因烦恼和匆忙而损害自己，也没有伤害其他人。

如果我以后再去那儿，也许是去收购下一轮的收获，或者为了别的什么目的，那么，友好的人们就会殷勤、快活地接待我，我也会庆幸自己上次没有来去匆匆，流露不快。好啦，朋友，别因训斥我伤了你自己的身体！如果有朝一日你发现，这个悉达多给我造成了损失，那么你只需说一句话，悉达多就会走人。不过，在此之前，咱们还是彼此将就吧。"

迦马斯瓦弥企图让悉达多相信，他吃的是迦马斯瓦弥的饭，结果白费力气。悉达多吃的是他自己的饭，或者更确切地说，他俩吃的都是别人的饭，都是大家的饭。悉达多从来不听迦马斯瓦弥诉说他的忧虑，迦马斯瓦弥却总有许多忧虑。他忧虑一桩生意可能失败，一批货物似乎运丢了，一个客户可能付不了款，可他永远没法让他的伙计相信，诉苦、发火、紧皱眉头乃至睡不好觉会有什么用处。有一次他提醒悉达多，他懂得的一切都是跟他迦马斯瓦弥学的，悉达多却答道："你可别跟我开这样的玩笑！我向你学的只是一满筐鱼卖多少钱，贷出去的款收多少利息。这就是你的学问。而思考呢，我可不是向你学的，可敬的迦马斯瓦弥，倒是你该跟我学习。"

确实，悉达多的心没放在生意上。生意好，他就有钱送给珈玛拉，而他赚的钱绰绰有余。除此而外，悉达多关心和好奇的只是那些人：从前，这些人的营生、手艺、忧虑、欢乐和愚昧，对于他都像天上的月亮一般陌生和遥远；而今，他轻而易举就能跟所有人交谈，和所有人一起生活，向所有人学习，同时又深深意识到，自己跟他们之间有什么隔阂，意识到这隔阂就是他的沙门身份。他看到人们像儿童或者动物似的活一天是一天，因此对他们既喜爱又鄙视。他看到他们劳劳碌碌，看到他们受苦和衰老，仅仅为了一些在他看来根本不值得付出如此代价的东西，为了金钱，为了小小的乐趣，为了区区的荣誉；他看到他们互相指责和辱骂，看到他们为一些让沙门一笑了之的痛苦怨天尤人，看到他们为一些让沙门无所感觉的匮乏苦闷烦恼。

这些人无论带给他什么，他都坦然接受。商贩向他兜售亚麻布，他欢迎；欠债人找他借钱，他欢迎；乞丐一个钟头一个钟头地向他叫穷，他也欢迎——实际上，乞丐的贫穷恐怕还不及沙门一半。外国富商和给他刮脸的仆人，他同等对待，还有那些在卖香蕉时总爱坑他几文小钱的街边小贩，他也没什么两样。迦马斯瓦弥来找他诉说忧虑苦恼，或是为了一桩买卖来责怪他，他总是好奇而兴致勃勃地听着，对他表示惊讶，努力理解他，承认他有些道理，不多不少正好是在他看来必要的那些道理，然后便转身离开，去见下一个急于见他的人。来找他的人可多着呐：许多人来跟他做生意，许多人来欺骗他，许多人来摸他的底牌，许多人来唤起他的怜悯，许多人来向他讨主意。他给人出主意，他对人表示怜悯，他施舍馈赠，让自己上一点小当；这整个游戏以及大伙儿玩游戏时表现的热情，都使他心思活跃、全神贯注，一如当年他侍奉诸神和梵天时那样。

时不时地，悉达多感到胸膛深处有一个渐渐衰颓的、微弱的声音，在轻轻地提醒，轻轻地抱怨，轻得他几乎听不见。后来他在某一个时刻意识到，自己过的是一种荒诞的生活，他所做的一切只是个游戏。他感到愉悦,有时感到快乐,但生活本身从身边流逝了,却未曾将他触及。就像一个玩球的人一样,他玩他的生意,玩他周围的人,观察他们,拿他们寻开心,可他的心,他的生命的源泉,却不在这里。这源泉不知流向何处,不知离他多远,越流越看不到了,与他的生活完全没有了关系。有几次,他想着想着吓了一跳,希望自己也能满腔热忱、全心全意,投身到所有这些孩子气的日常活动中去,真正地生活,真正地行动,真正地享受,真正地做生活的主宰,而不仅仅当一个生活的旁观者。

他经常去美丽的珈玛拉那儿修习爱的艺术,完成性的膜拜,此时奉献和索取便合而为一,超越了任何其他场合;同时他跟珈玛拉闲聊,向她学习,给予她忠告,也接受她的忠告。珈玛拉理解他,胜过了当初果文达对他的理解;她跟他更加相像。

一次,他对珈玛拉说:"你像我一样,跟大多数人不同。你是珈玛拉,你就是你;你的内心有一种宁静,有一个避难所,你随时都可以躲进去,获得回家的感觉。我也可以这样。只有为数不多的人可以这样,尽管大家都有这样的可能。"

"并非所有人都聪明。"珈玛拉说。

"不,"悉达多说,"问题并不在这里。迦马斯瓦弥像我一样聪明,可他心里就没有归宿。其他人倒有,其他一些智力像小孩子的人。大多数人都好像落叶,珈玛拉,在空中飘舞、翻卷,最后摇摇摆摆落到地上。可是也有另一些人,一些为数不多的人,却像沿着一条固定轨道运行的星星,没有风吹得到它们;它们有自身的规律和轨道。在我认识的所有学者和沙门中,只有一位是这种类型的人,是一个完人,我永远也忘不了他。他就是乔达摩,就是那位佛陀,那个讲经传道者。每天都有成千的信徒听他宣讲自己的学说,每时每刻尊崇他的训诫,可他们全都是落叶,他们自己内心没有学说和规律。"

珈玛拉含笑注视着他。"你又在说他了,"她说,"你还是丢不掉沙门脑瓜。"

悉达多缄默不言,于是他们又开始玩爱的游戏,玩珈玛拉熟悉的三四十种不同玩法中的一种。她的身子柔韧如美洲豹,如猎人的弓;谁向她学过爱的艺术,就会品尝到百般快乐,洞悉无数秘密。她和悉达多久久地戏耍,她挑逗他,推拒他,强迫他,缠绕他,欣赏他娴熟的技巧,一直到他被征服,精疲力竭地静静躺在她身边。

这个交际花俯身看着悉达多,久久地凝视他的脸,凝视他那双倦慵的眼睛。

"你是我见过的最好的情人,"她沉思着说,"你比别的人更强壮,更柔韧,更驯顺。你出色地学会了我的艺术,悉达多。将来,等我年纪大些了,我要替你生个孩子。可是现在,亲爱的,你仍旧是个沙门,你仍旧不爱我,也不爱任何人。难道不是这样吗?"

"可能是这样,"悉达多慵懒地说,"我跟你一样,你也不爱——否则你怎会把爱情当成一门艺术来从事呢?咱们这样的人没准儿就是不会爱吧。那些孩子般的俗人却会,这是他们的秘密。"

轮　回

悉达多度过了长时间的世俗生活和享乐生活，却并没有沉溺其中。他在狂热的沙门时代扼杀掉的七情六欲苏醒了，品尝到了财富的滋味，品尝到了肉欲的滋味，品尝到了权势的滋味，但是在心里，他很长时间仍然是个沙门，这一点聪明的珈玛拉看得很清楚。指引他生活之路的，仍然是思考、等待和斋戒的艺术；世俗之人，那些孩子般愚钝的人，仍一如既往地令他感觉陌生。

光阴荏苒，悉达多身处安乐之中，几乎没有觉察到时光流逝。他发财了，早已拥有一幢自己的住宅和众多的仆人，以及在城郊河边上的一座花园。人们喜欢他，需要钱或者忠告就会来找他，可是除了珈玛拉，没有一个人跟他亲近。

在青春年代的鼎盛期，他曾体验过那种高度的、敏锐的清醒；在听乔达摩讲经后，在与果文达分手后的日子里，他曾体验过那种紧张的期待，那种既无学说又无师长的值得自豪的独立，那种随时准备倾听自己内心神灵的声音的决心，这一切都渐渐变成了回忆，变成了往昔；原来在离他很近的地方激越流淌的圣泉，在他自己心中激越流淌的圣泉，而今只剩远方细微的潺潺声。他向沙门学到的许多东西，向乔达摩学到的许多东西，向自己的婆罗门父亲学到的许多东西，诸如生活节制、乐于思考、勤于打坐，以及对既非肉体又非意识的永恒自我的默然认知，尽管曾长时间地留在他心里，但是随后却消沉了，被滚滚红尘一个接一个地淹没了。就像制陶工人的转盘，一旦转了起来，还将转动下去，最后才会慢慢地减速和停止那样，悉达多心里的苦修之轮、思考之轮和分辨之轮，也这样久久地继续转着，现在也仍然在转动，但是已经转得慢了，摇摇晃晃了，离完全停止已经不远了。就像潮湿渗入正在枯死的树干，慢慢充满它，使它腐朽，俗气和惰性也侵入了悉达多的心灵，慢慢地充斥它，并使之沉重，使之困倦，使之麻木。而与此相反，他的感官却变得活跃起来，因此学会了很多，知道了很多。

悉达多学会了做生意，学会了行使权力，学会了享受男女之爱，学会了穿漂亮衣服，学会了使唤奴仆，学会了在香水里沐浴。他学会了吃精心烹调的饭菜，包括吃鱼、吃肉、吃飞禽，享用调味品和甜食，饮用使人慵懒无力、忘却现实的美酒。他学会了掷骰子、下棋，学会了看舞女表演，学会了坐轿子和睡软绵绵的床铺。不过，他仍然自视和别人不一样，感到自己比他们优越，看他们时总带着一点嘲讽，一点揶揄和轻蔑，正如僧侣看俗人时始终感觉的那样。每当迦马斯瓦弥身体欠佳，或者心情不好，或者感到受了侮辱，或者为商人的种种忧心事所困扰，悉达多总是幸灾乐祸地在一旁瞧热闹。只是随着收获季节和雨季慢慢过去，他的嘲讽也不知不觉地缓和了，他的优越感也收敛了。渐渐地，置身自己越来越多的财富堆里，悉达多本人也染上了那帮孩子般愚钝的俗人的某些特点，染上了他们的孩子气和谨小慎微。而且他羡慕他们，他跟他们越相像就越羡慕他们。他羡慕一件他自己缺乏而那帮人却拥有的东西，这就是他们赋予自己生活的那份重要性，这就是他们对欢乐与恐惧的认真热情劲儿，这就是让他们不安却又甜蜜地永远迷恋的幸福。这帮人永远迷恋自己，迷恋女人，迷恋他们的孩子，迷恋名或利，迷恋种种规划或者希望。但有一点他没有向他们学到，这就是孩子般的快乐和孩子般的愚钝；他向他们学到的，恰恰是他讨厌的，是他蔑视的东西。于是越来越经常地出现这样的情况：在一夜狂欢之后，第二天早上他便会赖着迟迟不起床，感到头昏脑涨，四肢乏力。于是迦马斯瓦弥拽着他久久诉苦时，他便会心生怒火，烦躁不安。于是掷骰子输了钱时，他便会纵声大笑。他的脸仍显得比别的人聪明和精神，但笑得却少了；那些在有钱人脸上常见的表情，诸如不满、病痛、厌烦、懒散、冷酷无情等，一个接一个地被他的脸接受了。

疲乏就像一道纱幕，像一层薄薄的雾气，慢慢降临到悉达多身上，每天变厚一点，每月变浑一点，每年变重一点。就像一件新衣随着时间变旧，随着时间失去鲜艳的色彩，出现斑点，出现皱褶，边沿上出现磨损，这儿那儿开始绽线那样，悉达多与果文达分手后开始的新生活也变旧了，也随着岁月的流逝失去了色彩与光泽，也积满了皱褶和斑点，于是这儿那儿已经显露出丑陋，失望和厌恶便滋生暗藏在心底，只等迸发了。悉达多没有察觉这个。他只发现自己内心那种响亮而沉稳的声音，那一度在他心里苏醒过来并在他的光辉岁月中引导他的声音，如今已变得沉默寡言了。

　　声色犬马、怠惰、贪婪的尘世享乐生活俘虏了他，就连贪得无厌这个他最鄙视的罪恶，他讥讽为最愚蠢的罪恶，也使他不以为忤，甘之若饴了。最终，财产、家业和富有也征服了他，它们对他不再是逢场作戏的玩意儿，而变成了负担和枷锁。悉达多是通过一条不寻常的、奸诈刁钻的途径，也就是通过掷骰子赌钱，陷入了这最后、最可耻的罗网。从他在心里不再是沙门的那一刻起，悉达多就开始了赢钱、赢珠宝的赌博。往常，他视赌博为俗人的恶习，即使参赌，也是笑嘻嘻的，漫不经心的；而今，他赌得越来越大，越来越狂热。他这个赌徒令人生畏，很少有人敢跟他对着干，他下起注来又猛又狠。赌博于他是一种内心的解脱，输掉、扔光讨厌的金钱，使他感到一种狂喜，因为没有别的办法，能够让他对商贾们奉为偶像的财富更清楚、更尖刻地表示出他的轻蔑。因此他毫无顾忌地大把大把下注，怀着对自己的仇恨，怀着对自己的不屑，一赢千金，一掷千金，输掉金钱，输掉首饰，输掉别墅，输了再赢回来，赢了又输掉。他喜欢那种掷骰子时提心吊胆的恐惧，那种押大注时忧心忡忡的恐惧，他喜欢这令人窒息的感觉，所以努力不断更新它，提升它，以使刺激越来越强；他呢，只有在这种刺激中，才能多少体会到一点幸福、一点陶醉，从而逃脱他那死水一潭、无聊乏味的生活。每一次大输之后，他都设法重新聚敛财富，都更热衷于做买卖，都更严厉地催逼债户还账，因为他要继续赌，要继续挥霍，要继续对财富表示他的轻蔑。悉达多在输钱时失去了镇定从容，在催债时失去了耐心，对乞丐失去了怜悯，对施舍和借钱给告贷者没有了兴趣。他在豪赌中可以一掷万金而一笑置之，可做生意却越发厉害，越发小气，夜里睡觉有时也梦到钱！他常常从这可恶的梦魇中醒来，在卧室墙上的镜子里看见自己变老变丑的脸，羞惭和恶心便袭上他的心头，他只好继续逃避，逃到新的赌博中去，逃到肉欲和酗酒的麻醉中去，苏醒过来又再一头扎进聚敛钱财的本能冲动里。就在这种毫无意义的轮回中，悉达多疲于奔命，日渐衰老，日渐丧失了健康。

这时候，一个梦警醒了他。那天晚上他在珈玛拉那儿，在她那美丽的花园中。他俩坐在树下交谈，珈玛拉说了些引人深思的话，话背后隐隐透着某种悲凉和厌倦。她请求他讲乔达摩，而且老是听不够，想知道乔达摩的眼睛如何清纯，乔达摩的嘴形如何文静优美，乔达摩的笑容如何和蔼亲切，乔达摩的步态如何端庄稳重。悉达多不得不把佛陀的情况讲了又讲，随后珈玛拉叹了口气说："将来，也许过不了多久，我也会去追随这位佛陀。我要把我的大花园献给他，我要皈依他的学说。"可是接着她又勾引他，在痛苦、热烈的情爱游戏中死死搂住他的躯体，一边咬他一边又眼泪汪汪，仿佛要从这空虚而易逝的欢愉中再挤压出最后的一丁点儿甜蜜。忽然，悉达多变得从未有过地清醒：淫欲和死亡乃是近亲啊。随后，他躺在珈玛拉身边，珈玛拉的脸紧挨着他；他在她的眼睛下面和嘴角旁边比任何时候都清晰地读到了一种令人不安的文字，一种由细细的线条和浅浅的沟纹构成的文字，让人联想到了秋天与衰落，就像悉达多自己，年方四十黑发间已这儿那儿出现了白发。珈玛拉俊俏的脸上则显现出倦意，走了长路却前途茫茫的倦意；除了倦意还有业已开始的憔悴，还有掩饰着的、尚未说出的、也许根本没有意识到的恐惧：惧怕衰老，惧怕秋天，惧怕必然到来的死亡。悉达多叹息着告别了珈玛拉，心里充满不快，充满隐秘的忧惧。

后来悉达多回到自己家里，又跟一帮舞女们通宵达旦饮酒。他对与他地位相当的人一副高高在上的样子，其实他已经不再有什么比人家优越。他喝了好多酒，午夜过后很晚才摸回到床上，虽然困倦却又亢奋，心里濒临绝望，真快哭起来了，想要睡去却久不成寐，内心充满自以为再也无法忍受下去的愁苦，充满一种叫他感到浑身难受的恶心，就像饮了味道淡淡的、怪怪的劣酒，就像听了过分甜腻的、空虚的音乐，就像舞女们强装柔媚的笑脸，就像她们的秀发和乳房散发出了刺鼻的香水味。然而，最让悉达多恶心的是他自己，是他香气扑鼻的头发，是他满嘴的酒气，是他皮肤的松弛、疲沓与不适。就像一个人吃得太多或喝得太多，难受得要呕吐出来才会感到轻松，失眠的悉达多也希望能来一阵呕吐，好摆脱这些享乐，摆脱这些恶习，摆脱这整个毫无意义的生活，摆脱他自己。直到天亮，他住所门前的大街上已开始喧闹忙碌，他才迷糊过去，不多一会儿堕入了一种半麻木的、似睡非睡的状态。就在此刻，他做了一个梦——

在一个金笼子里，珈玛拉养了一只奇异的会唱歌的小鸟。他梦见了这只小鸟。他梦见它变成了哑巴，而往常早上它总是鸣啭不已。他发现了这个情况，就走到鸟笼跟前往里看，看见小鸟已经死了，直挺挺地躺在笼底。他取出死鸟，在手里掂了掂，就扔到了街上。就在这时，他突然十分害怕，心里异常难受，仿佛他扔掉了这只死鸟，也随之扔掉了他自己身上的一切价值，一切善良美好。

　　从梦中惊醒转来，悉达多感到自己处在深沉的悲哀的包围中。回首过去的生活，他觉得真是毫无价值，既无价值又无意义，一点生动的东西，可堪回味的东西，值得保存的东西都没有留下。他孑然一身，两手空空，活像个从河里打捞起来的落水者。

　　阴沉着脸，悉达多走进了一座他自己的花园，锁上园门，坐到一棵芒果树下，感受着心中的死亡和胸中的恐惧；他坐着、感受着自己的内心如何衰亡，如何枯萎，如何走向终结。他渐渐地集中心思，在脑子里回顾他一辈子走过的路，从他能够想起的最早几天开始。他什么时候体验到一点幸福，感受过一点真正的狂喜呢？噢，是的，这种体验他有过好几次。少年时代他就品味过幸福欢乐的滋味，在他背诵经书诗句、与学者辩论以及当辅祭都表现得出类拔萃因而博得了婆罗门夸奖的时候。那时他心里就感觉到："你面前敞开着一条路，你的使命就是走这条路，神灵在等着你。"到成长为青年，思想里奋斗的目标不断向上，他便从一大群有同样追求的人当中脱颖而出。然而，他仍痛苦思索婆罗门的真谛，每次得到的认知又只会激起他心里新的渴求。如此反反复复，在渴求当中，在痛苦当中，他获得的是同样的体验，听到的是同样的声音:"前进!前进!这是神对你的召唤!"当他离开故乡,选择过沙门生活时,他听见了这声音;当他离开沙门,投奔佛陀乔达摩时,他听见了这声音;就连他离开佛陀,走进迷茫时也是。他已有多久没听见这声音了啊?他已有多久没再攀登高峰了啊?他走过的路多么平坦,多么荒凉!多少年来,没有了崇高的目标,没有了渴求,没有了提升,只满足于小小的欢愉,却从来没有获得过满足!所有这些年,在不自知的情况下,他一直努力着,渴望着,要成为一个跟那许多俗人,跟那些孩子般愚钝的人一样的人,而他的生活却远比他们不幸和可怜,因为他们的目标跟他不一样,他们的忧虑也跟他不一样。对他来说,迦马斯瓦弥这一流人的整个世界只不过是一场游戏,一场供人观赏的舞蹈,一场喜剧。只有珈玛拉他真心喜欢,只有她为他所珍惜——但她现在还这样吗?他还需要她,或者她还需要他吗?他们不也是在玩一场没完没了的游戏吗?为这个活着可有必要?不,没有必要!这游戏叫轮回,是一种儿童玩的游戏,也许挺好玩,一遍,两遍,十遍——可是能永远无休无止地玩下去吗?

悉达多突然明白过来,游戏已到尽头,他不能再玩下去了。一阵寒栗传遍全身,他感到内心深处有什么已经死去。

那一整天,他都坐在芒果树下,思念父亲,思念果文达,思念乔达摩。为了成为迦马斯瓦弥,就必须离开他们吗?夜幕降临,他依然坐着没动。他抬头仰望星空,心想:"我是坐在我自己的芒果树下,坐在我自己的花园里。"他微微一笑——他拥有一棵芒果树,拥有一座花园,可这有必要吗?这对吗?这不也是一场愚蠢的游戏吗?

就连这他也要彻底了结,就对这他也必须死心。他站起来,向芒果树告别,向花园告别。他一整天没有进食,感到饥肠辘辘,便想起了自己城里的住所,想起了自己的卧室和床铺,想起了摆满佳肴的餐桌。他疲乏地笑笑,摇了摇头,告别了这些东西。

就在那天夜里,悉达多离开了他的花园,离开了这座城市,再也没有回去。迦马斯瓦弥派人找了他很久,以为他落到了强盗手里。珈玛拉没有派人找他。得知悉达多失踪了,她没有感到奇怪。她不是一直盼着这个么?他不原本就是一个沙门,一个流浪汉,一个朝圣者么?在最后那次幽会的时候,她对此感受尤为深刻,可又在失落的痛楚中寻欢作乐,明知是最后一次把他紧紧抱在胸前,最后一次感到自己完全被他占有,被他渗透。

得知悉达多失踪的消息,珈玛拉走到窗前,走到养着一只罕见的小鸣禽的金丝笼边上。她打开笼门,捉出小鸟,放它飞走。她久久地目送着它,目送着这只高翔的鸟儿远去。从这天起她再没接客,一直关着自己的房门。可是过了一些时候,她发现跟悉达多的最后一次欢会,竟使她怀孕了。

河 岸

悉达多游荡在森林里，离开那座城市已经很远；只有一件事他知道：他不会再回去了，他多年来过的那种生活已经一去不返，他对它已经恶心得想通通呕吐出来。他梦见的那只唱歌的小鸟死了，他心中的小鸟也死了。他深深纠缠在轮回中，已经像一块海绵，从方方面面吸满了厌烦、悲苦和死亡的滋味，世界上再没有什么能吸引他，取悦他，安慰他了。

他热切地希望完全忘掉自己，希望得到安宁，希望死去。但愿来一道闪电，劈死他！但愿来一只猛虎，吃掉他！但愿有一杯酒，一杯毒酒，使他麻木、忘却和沉睡，永远不再醒来！还有哪一种污秽，他没有沾染过？还有哪一种罪孽和愚蠢的行为，他没有干过？还有哪一种心灵空虚，他没有承受过？他还可能活下去么？还可能一而再再而三地吸气和呼气，感到肚子饿了又去进餐，又去睡觉，又去和女人共眠么？对于他来说，这种循环不是已经精疲力竭，已经结束了么？

悉达多来到森林中的一条大河边。当初他年纪轻轻从佛陀乔达摩那座城里出来，一个船夫为他摆渡的正是这条河。他停下来，站在河岸上踌躇不前。疲劳和饥饿已经使他虚弱不堪，他干吗还继续走呢？去往何处，奔向什么目标？不，已经没有目标，只有这深深的痛苦的渴望：摆脱这缠绕着他的混沌杂乱的梦魇，吐掉这变了味的酒水，结束这可悲可耻的生活！

河面上探出一棵弯弯的树，一棵椰子树。悉达多让肩膀靠在树上，一条胳臂搂住了树干，俯视着脚下流过的碧绿河水。看着河水流啊，流啊，他心中不禁充满一个愿望：松开胳膊，沉溺到河水里去。河水倒映出的也是一种令人寒栗的空虚，跟他心中可怕的空虚正好呼应。是的，他完蛋了。他剩下的事情只是毁灭自己，砸烂自己生命的丑陋躯壳，丢弃它，把它扔到幸灾乐祸的神灵脚下。这正是他渴望的巨大解脱：死亡，砸烂这个他憎恶的形体！但愿水中的鱼群把他吃掉，把悉达多这条狗、这个疯子、这具腐尸、这个衰败的被糟蹋了的灵魂吃掉！但愿鱼群和鳄鱼吞噬掉他！但愿恶魔把他撕成碎片！

悉达多面孔扭曲着凝视河水，看见映出来的自己的那张丑脸，不禁朝它吐了口唾沫。他疲惫不堪，让胳臂一松，身子一转，便垂直落进水里，想最终葬身水底。他往下沉，闭着眼睛，迎着死亡往下沉。

突然，从他心灵中某个偏僻的角落，从他疲倦的一生的某个往昔，传来了一点声音。那是一个词，一个音节，他不假思索地将它喃喃地念了出来。它是所有婆罗门祈祷的开头和结尾都用的那个古字，那个神圣的"唵"，意思大致是"功德圆满"，或者"完美无瑕"。就在这一声"唵"传到悉达多耳畔的一刹那，他沉睡的心灵突然苏醒，意识到自己正在干蠢事。

悉达多猛然惊醒。他的现状就是这样，就这么一败涂地，就这么末路穷途，无知到了想自寻短见，致使这个愚钝的孩子般的愿望在他心中变大起来：为求得内心的安宁，不惜毁灭自己的肉体！这最后时刻的全部痛苦、全部醒悟和全部绝望没能实现的东西，却在"唵"闯入他意识的一瞬间完成了：在自己的愁苦和迷惘中，悉达多认识了自己。

唵！他自顾自念着。唵！他想起梵天，想起生命的坚不可摧，想起所有他已经忘却的神圣的东西。

但这仅是一刹那，仅是一闪念。悉达多倒在那棵椰子树下，把头枕在树根上，疲倦地陷入了沉沉梦乡。

他睡得很香，没有做梦。他已经很久没有睡过这么好的觉了。几个小时后他醒转来，觉得仿佛已经过去了十年。他听见河水轻轻流淌，不知自己身在何处，是谁把他弄到了这里；他睁开眼睛，惊讶地看着头顶上的树林和天空，回想自己是在哪儿，怎么来的。他想了好长时间，往事就像蒙上了一层薄纱，显得无比遥远，遥远，遥远得跟自己毫不相干。他只知道自己已抛弃过去的生活——在他清醒过来的一瞬间，他觉得过去的生活就像个抛得远远的过去的化身，像是他眼前这个自我的早产儿——他只知道自己抛弃了过去的生活，满怀厌恶和愁苦地甚至想抛弃自己的生命，但是在一条河边，在一棵椰子树下，他口诵着神圣的"唵"回归了自我，然后便酣然睡去，醒来却成了一个新人，用新人的眼睛观看着世界。他轻声默诵着使他酣然入睡的"唵"

字,觉得自己整个的沉睡过程只不过是一声悠长而专注的"唵"的念诵,是一次"唵"的思索,是深入彻底地沉潜进"唵"之中,到达了无以名状的完美境界。

好一次奇妙、惬意的睡眠啊!从来没有哪次睡眠能使他如此神清气爽,如此精神焕发,如此朝气蓬勃!也许他真的已经死掉,已经消亡,现在又投生了一个新的躯体?可是不,他认得自己,认得自己的手和脚,认得他躺的这个地方,认得他胸中的这个自我,这个悉达多,这个执拗的家伙,这个怪人。不过,这个悉达多仍旧变了,变成了一个新人,一个出奇地精神饱满、头脑清醒、乐天好奇的人。

悉达多坐起来,忽然看见自己对面坐着一个人,一个陌生人,一个穿着黄色僧衣、剃了光头的僧人,一副打坐沉思的架势。他打量着这个既无头发也无胡子的男子,打量了不一会儿,忽然认出这个僧人就是果文达,就是他青年时代的好友,那个皈依了佛陀的果文达。果文达老了,他也老了,但脸上的神色依然如故,流露着热忱、忠实、求索和谨小慎微的德性。果文达这时觉察到了他的目光,睁开眼看他,但悉达多发现他并没有认出自己来。果文达见他醒了很是高兴,显然他为等他醒来已在这里坐了很久,尽管他并没有认出悉达多。

"我刚才睡着了,"悉达多说,"你是怎么到这儿来的?"

"你睡着了,"果文达答道,"在这样的地方睡觉可不好,这里常常有蛇,是森林中的野兽出没之处。噢,先生,我是佛陀乔达摩的一名弟子,释迦牟尼的信徒,跟同伴们途经此地去朝圣,看见你躺在这里睡觉,在一个危险的地方睡觉。我试图叫醒你,先生,发现你睡得很沉,我便有意掉了队,留在了你身边。后来看样子我自己也睡着了,我本来是想要守护你的。我失职了,疲劳征服了我。可现在你已经醒了,让我走吧,我要去追赶自己的师兄弟们。"

"多谢你,沙门,多谢你守着我睡觉,"悉达多说,"你们这些佛陀的弟子真和善。你可以走啦。"

"我走了,先生。祝先生永远康健。"

"谢谢你,沙门。"

果文达合十为礼,道了声:"再会!"

"再会,果文达。"悉达多说。

僧人愣住了。

"请问先生,你怎么知道我的名字?"

悉达多莞尔一笑。

"我认识你哦,果文达。在你父亲的小屋,在那所婆罗门学校,在祭祀神灵的仪式上,在咱们一起去找沙门的途中,在你在耶塔瓦纳林苑皈依了佛陀的时候,我就认识你!"

"你是悉达多!"果文达大叫起来,"现在我认出你了,真不明白我怎么竟没能马上认出你来!你好啊,悉达多,与你重逢我太高兴了!"

"我也很高兴再见到你。你刚才做我睡觉的守卫,我要再次感谢你,尽管我并不需要守卫。你去哪儿,朋友?"

"我哪儿也不去。只要不是雨季,僧人总是云游四方,总是从一处漂泊到另一处，按照规矩生活、讲经、化缘，再继续漂泊。总是这样。可你呢，悉达多，你要去哪儿？"

"我的情况也是如此，朋友，跟你一样，"悉达多回答，"我不去哪儿。我只是在路上。我去朝圣。"

"你说去朝圣，我相信你，"果文达说，"可是请原谅，悉达多，你的样子可不像个朝圣者呀。你身穿富人的衣服，脚穿贵人的鞋子，头发还飘散出香水味，这可不是一个朝圣者的头发，一个沙门的头发。"

"不错，亲爱的，你很会观察，你锐利的目光看出了一切。可是我并没有跟你讲我是个沙门呀。我只是说去朝圣。而事实上，我确实是去朝圣。"

"你去朝圣，"果文达说，"可是很少有人穿着这样的衣服，很少有人穿着这样的鞋子，很少有人留着这样的头发，去朝圣的。我已经朝圣多年，从来没见到过一个这样的朝圣者。"

"我相信你说的话，我的果文达。可现在，今天，你偏偏碰上了这么个朝圣者，穿着这样的鞋子，穿着这样的衣服。想一想吧，亲爱的：现象世界转瞬即逝，我们的衣服、我们的发式以及我们的头发和身体更是转瞬即逝。我穿着一身富人的衣服，这你没有看错。我穿它们，因为我曾经是个富人；还有我的头发像个花花公子，也因为我曾经就是个花花公子。"

"喏，现在呢，悉达多，现在你是什么？"

"我不知道，我跟你一样心里没数。我正在路途中。我曾经是个富人，可现在不是了，而明天将是什么，我自己也不清楚。"

"你失去了财产?"

"我失去了财产,或者说财产失去了我。反正是两手空空。造化之轮飞转,果文达。婆罗门悉达多如今在哪里?沙门悉达多如今在哪里?富商悉达多如今在哪里?无常之物变换神速,果文达,这你明白。"

果文达眼里含着狐疑,久久凝视着自己青年时代的好友。随后,像对贵人似的向他道了别,就转身走了。

悉达多面带微笑,目送他远去。他仍然爱果文达,爱这个忠厚老实、战战兢兢的好人。此刻,在酣睡后醒来这样一个美好时刻,他周身已被"唵"渗透,怎么会不什么人都爱,不什么东西都爱呢!通过睡眠和"唵",他身上发生了奇迹。这奇迹的魔力就在于:他热爱一切,对眼前的一切都满怀欢乐的爱。现在他觉得,先前他病得那么厉害,就因为他什么都不爱,任何人都不爱。

悉达多笑盈盈地目送着远去的僧人。酣睡使他精神焕发,却也饿得要死,要知道他已两天什么都没有吃,而能忍受饥饿的时光早已过去了。回想起那个时候,他既伤感又欣慰。曾记得当年自己在珈玛拉面前夸耀过三件事,三种高贵的、不可战胜的本领:斋戒,等待,思考。这是他的财富、他的权力和他的力量,是他远行万里的结实游杖;在年轻时勤奋而艰苦的岁月里,他学会了这三种本领,仅仅这三种本领。如今他已丢弃它们,一种不剩地丢弃了它们,不再会斋戒,不再会等待,不再会思考。他用它们换取了最可鄙的东西,换取了最无常的东西,换取了感官之娱，换取了享乐生活，换取了金钱财富！实际上他的境遇稀罕而蹊跷。现在看来，他真的变成了凡夫俗子。

悉达多思索着自己的处境。对于他，思考已经很困难，他打心眼儿里不喜欢思考，却又强迫自己思考。

他想：一切过眼烟云般的世事已经溜掉了，现在我又站在阳光下面，像当初我还是个小孩子时一样；我什么都没有，什么都不会，什么都不懂，什么都没学过。真叫怪呀！现在我已不再年轻，我头发已经花白，我体力已经衰退，却要从头再来，从小孩子时开始！悉达多又一次忍俊不禁。是啊，他的命运真叫稀罕！他越活越糟糕，而今又两手空空、赤身裸体、蠢头傻脑地站在这世界上了。可是不，他并不因此苦闷，他甚至很想哈哈大笑，笑他自己，笑这个荒唐、愚蠢的世界。

"你是每况愈下喽！"悉达多喃喃自语，边说边笑，目光同时却投向河面，但见河水也在往下流，不断地往下流，而且吟唱着往下流，流得很是欢快。他一下子乐了，朝着河水发出了亲切的微笑。这不就是他曾经想自寻短见的那条河么？他是在一百年前，还是在梦中曾经见过它呢？

我的生活确实奇怪，他想，走过了许多奇怪的弯路。少年时，我只知道敬神和祭祀。青年时，我只知道苦行、思考和潜修，只知道寻找梵天，崇拜阿特曼的永恒精神。年纪轻轻，我追随赎罪的沙门，生活在森林里，忍受酷暑与严寒，学习忍饥挨饿，学习麻痹自己的身体。随后，那位佛陀的教诲又令我豁然开朗，我感到世界统一性的认识已融会贯通于我心中，犹如我自身的血液循环在躯体里。可是后来，我又不得不离开佛陀以及他伟大的智慧。我走了，去向珈玛拉学习情爱之娱，向迦马斯瓦弥学习做买卖，聚敛钱财，挥霍钱财，娇惯自己的肠胃，纵容自己的感官。我就这样混了好多年，丧失了精神，荒废了思考，忘掉了统一性。可不像慢慢绕了几个大弯子吗，我从男子汉又变回了小男孩儿，从思想者又变回了俗子凡夫？也许这条路曾经挺美好，我胸中的鸟儿并未死去。可这又是怎样一条路啊！我经历了那么多愚蠢，那么多罪恶，那么多错误，那么多恶心、失望和痛苦，只是为了重新成为一个孩子，为了能重新开始。然而，这显然是正确的，我的心对此表示赞成，我的眼睛为此欢笑。我不得不经历绝望，不得不沉沦到动了所有念头中最最愚蠢的念头，也就是想要自杀，以便能得到宽恕，能再听到"唵"，能重新好好睡觉，好好醒来。为了找回我心中的阿特曼，我不得不成为一个傻子。为了能重新生活，我不得不犯下罪孽。我的路还会把我引向何处？这条路愚蠢痴傻，弯来绕去，也许一直在兜圈子。随它吧，爱怎么着怎么着，我愿意顺着它走下去。

悉达多惊异地感觉到，他胸中正汹涌激荡着快乐的情绪。

他不禁问自己的心：你哪儿来的这种快乐？也许来自那使我感觉十分惬意的长长的酣睡？也许来自我吟诵的那个"唵"字？或是来自我的逃遁，来自我成功逃脱，终于重归自由，又像个孩子似的站在了蓝天底下？哦，这成功逃脱，这自由自在，有多么好啊！这儿的空气多么纯净、多么甜美，呼吸起来多么舒畅啊！而我所逃离的那个地方，它处处散发着油膏、香料、美酒、奢侈和懒散的气味。我是多么憎恶那个富人、饕餮者和赌徒的世界啊！我也曾十分憎恨自己，恨自己在那可怕的世界里面竟然待了那么久！我也曾十分憎恨自己，狠狠掠夺过自己，毒害过自己，折磨过自己，使自己变得又老又坏！不，我永远也不会再像曾经那样喜欢自以为是，相信悉达多聪明过人了！不过呢，这次我干得不错，很合我的心意。我得表扬你，你终于结束了对自己的憎恨，结束了愚蠢、无聊的生活！我表扬你，悉达多，在多年的愚昧之后终于有了个好想法，终于干了点儿正事，听见了你胸中那只鸟儿的歌唱，并且跟随它去了！

悉达多就这样赞扬他自己，对自己挺满意，并好奇地听着他的肚子饿得咕咕叫。他觉得，最近这段时间他已备尝痛苦、艰辛，以至于绝望得死去活来。他想这样也好。不然，他还会在迦马斯瓦弥那儿待很久，挣钱又挥霍钱，填满肚子却让灵魂饥渴难忍；不然，他还会在那个温柔的、软绵绵的地狱里住很久，同时也不会发生眼下这事，不会有这个彻底无望的时刻，这个他悬在滚滚洪流之上准备自我毁灭的极端时刻。他感到了绝望，感到了深深的厌恶，却没有被压倒；那只鸟儿，那快乐的源泉和声音，依然活跃在他心里，他因此感觉喜悦，因此发出欢笑，花白头发底下的脸上因此容光焕发。

"这很好嘛，"他想，"把需要知道的一切都亲自品尝品尝。尘世欢娱和财富不是什么好东西，我还是个孩子时就学过了。我早就知道，只是现在才有了体验。现在我明白了，不仅是脑子记住了，而且是亲眼所见，心知肚明。太好啦，我终于明白了！"

他久久地思索着自己的转变，倾听着那鸟儿欢快的鸣唱。这只鸟儿不是已在他心中死去，他不是已感觉它死去了吗？不，是别的什么在他心中死去了，是早就渴望死去的东西死去了。这不就是在狂热的赎罪的年代，他曾经想扼杀的那个东西吗？这不就是他的自我，他渺小、胆怯却又自负的自我，不就是他曾与之搏斗多年却屡战屡败的自我，不就是他那杀而不死地反复再现、禁绝欢乐却灌输恐惧的自我吗？这不正是今天终于在可爱的河边的树林里死去的东西吗？不正是由于这一死亡，他现在才像个孩子，才满怀信心、无所畏惧、充满欢乐吗？

悉达多还隐约明白，当年他作为婆罗门，作为忏悔者，在与这个自我斗争时为什么会白费力气。是太多的知识妨碍了他，太多的圣诗、太多的祭祀规范、太多的苦修、太多的行动与追求妨碍了他！他总是意气扬扬，总是最聪明，总是最积极，总是先所有人一步，总是博学而深思，总是或为祭司或为智者。他的自我就潜入了这种僧侣性情、这种高傲和这种智慧里，在那儿扎根、生长，他呢，却还以为能用斋戒和忏悔将它杀死。现在他明白了，明白那神秘的声音是对的：没有任何导师能拯救他。因此他必须走进世俗世界，必须迷失在情欲和权力、女人和金钱之中，成为商人、赌徒、酒鬼和财迷，直至僧侣和沙门在他心中死去。因此他只好继续忍受丑恶的岁月，忍受恶心，忍受空虚，忍受毫无意义的生活的荒诞无稽，直到结束，直到苦涩的绝望，直到荒淫无耻的悉达多死去，直到贪得无厌的悉达多死去。他死了，一个新的悉达多却已从酣睡中醒来。还有他也会衰老，将来有一天也一定会死亡，悉达多的生命将成为过去，任何生命都将成为过去。但是今天他还年轻，还是个孩子。这个新的悉达多，心里充满欢欣。

他这么思索着，含笑听着肚子咕咕响，心怀感激地听着一只蜜蜂嗡嗡叫。他快活地望着滚滚向前的河水，从没有哪条河像它这样使他喜欢，他从来没听到过流水声这么响亮、动听。他似乎觉得河水想对他诉说什么特别的东西，诉说什么还未为他所知、还有待他了解的东西。悉达多曾想在这条河里淹死自己，疲乏、绝望的老悉达多，而今已淹死在河里了。新的悉达多却对这奔涌的河流感到一种深沉的爱，于是便在心里暗自决定，不再很快离它而去。

船　夫

我要留在这条河边，悉达多想，当年我投奔那帮凡夫俗子，就曾渡过这条河，一位友好的船夫摆渡了我，现在我还是要找他。当年我离开他的茅屋，步入了一种新的生活，而今这生活已经陈旧了，衰亡了——但愿我现在的路，现在的新生活，也能从他的茅屋开始！

悉达多含情脉脉地注视着奔腾的河水，注视着那清澈见底的碧绿，注视着描绘出神秘画面的水晶般的线条。他看见，河水深处不断冒起明亮的珠串，一个一个气泡静静漂浮在光洁如镜的水面上，水里倒映着湛蓝的天空。河流正用千万双眼睛盯着他，绿色的眼睛，白色的眼睛，水晶般的眼睛，天蓝色的眼睛。他多么爱这条河啊，它使他心旷神怡，他多么感激它啊！他听见心里有个声音，有个新觉醒的声音在对他讲：爱这条河吧！留在它身边吧！向它学习吧！哦，是的，他愿意向它学习，他愿意倾听它的声音。悉达多觉得，谁若是懂得这条河和它的秘密，他也就会懂得其他许多东西，许多秘密，所有的秘密。

可是今天，他只看见了这条河的一个秘密，一个攫住了他心灵的秘密。他看到：河水流啊流啊，一个劲儿地流啊，却总是在那里，总跟原来一模一样，然而又每时每刻都是新的！哦，有谁理解这点，懂得这点呢！他不懂得，不理解，他只感觉浮想联翩，心中涌动着遥远的回忆，回响着神灵的声音。

悉达多站起身，腹中饥饿已经无法忍受。他忘情地沿着岸边继续向前走，面朝河水，倾听着流水声，倾听着腹内的饥肠辘辘声。

他来到渡口，依然是当年那只小船泊在那里，依然是当年摆渡过他的那个船夫站在船上。悉达多认出了船夫，他也苍老了很多。

"你愿意渡我过河吗？"悉达多问。

船夫见一个如此高贵的人竟独自徒步走来，很是惊讶，接他上船后便撑离了河岸。

"你选择了一种美好的生活，"客人说，"每天生活在河边，在河面上行船，必定十分美好。"

船夫笑呵呵地摇摆着身子，说："是很美，先生，正如你所说。可是，每一种生活，每一项工作，不都很美好吗？"

"也许吧。不过我还是很羡慕你这个行当。"

"噢，你很快会厌倦的。这可不是衣着华丽的人干的活儿。"

悉达多笑了。"今天已经有人留心过我这身衣服，带着疑虑的眼光。船家啊，这身衣服已成了我的累赘，我给你，你是否愿意收下呢？要知道，我可没钱付你摆渡费。"

"先生是开玩笑吧。"船夫笑道。

"我没开玩笑，朋友。你瞧，你已经用你的船摆渡过我一次，没有收钱。今天也照样吧，但请收下我的衣服。"

"先生莫非要光着身子继续赶路么？"

"哦，我现在最希望的是根本不再赶路。船家啊，最好你能给我一条旧围裙，收留我做你的助手，确切地说做你的徒弟，因为我得先学会撑船才行。"

船夫久久地打量着这个外乡人。

"现在我认出你来了，"他终于说道，"你在我的茅屋里借宿过，很久很久以前，大概二十多年前吧。当年我把你渡过了河，然后像好朋友一样道了别。那会儿你不是个沙门吗？你的名字我实在想不起来了。"

"我叫悉达多。上次你见到我时，我确实是个沙门。"

"欢迎欢迎，悉达多！我叫瓦苏代瓦。我希望今天你还是做我的客人，在我的茅屋里睡觉，给我讲讲你从何处来，你华丽的衣服为什么成了你的累赘。"

他俩已到了河心，瓦苏代瓦加紧划桨，以便逆水前进。他平静地工作着，胳臂看上去很有力气，目光盯着船头。悉达多坐在船里注视着他，回忆起当年他做沙门的最后一天，心中就曾对此人萌生过喜爱。他接受瓦苏代瓦的邀请，对他表示了感激。靠岸时，他帮船夫把船系牢在木桩上，随后船夫请他走进茅屋，给他端来了饭和水；悉达多吃得津津有味，还吃了瓦苏代瓦款待他的芒果。

日落时分，他俩坐在岸边的一个树干上，悉达多给船夫讲了自己的出身和生活经历，讲的就像他今天在那些绝望时刻所目睹的那个样子。他讲啊讲啊，一直讲到了深夜。

瓦苏代瓦全神贯注地听着。他倾听了悉达多的一切，他的出身和童年，他所有的学习，所有的探索，所有的欢乐，所有的痛苦。乐于倾听，乃是这位船夫最大的美德：像他这样善于倾听的人很少。他一句话也没说，讲述者感觉他把自己的话全都听进去了；他只静静地、坦诚地、怀着期待地、一字不漏地听着，没有丝毫不耐烦，也不加任何褒贬，只是倾听着，倾听着。悉达多感到，能向这样一位倾听者敞开胸怀，做出自白，让自己的生活、自己的探索和自己的烦恼沉潜于他的心中，实在是莫大的幸事。

临近结尾，悉达多讲到河边的那棵树，讲到自己的沉沦落魄，讲到那神圣的"唵"，讲到他一觉醒来对河流产生了深深的热爱。这时，船夫听得更是全神贯注、心驰神往，以至于闭上了眼睛。

悉达多讲完了，长时间的沉寂后，瓦苏代瓦才说："情况正如我的想象，河水对你说话了。它也是你的朋友，也对你说了话。这很好，好极了。你就留在我这儿吧，悉达多，我的朋友。从前我有过一个妻子，她的床铺就在我的床铺旁边，可是她早就过世了，我已经过了很久单身生活。你就跟我一起过吧，反正有两个人的住处和饭食。"

"我感谢你，"悉达多说，"我感谢并接受你的邀请。我还要感谢你，瓦苏代瓦，感谢你这么专心地听我讲！善于倾听的人很少见，我从未遇见过像你这样善于倾听的人。这方面我也要向你学习。"

"你会学会的，"瓦苏代瓦说，"但不是跟我学，是河水教会了我倾听，你也要跟它学。它什么都懂，这条河，你可以向它学习一切。瞧，你已经向它学到了一点，就是努力向下，努力往下沉，向深处探索，这很好。富有而高贵的悉达多变成划桨的伙计，博学的婆罗门悉达多变成船夫，这也是河水点拨你的。你还会向它学到其他东西。"

长长的停顿之后，悉达多才问："还有别的吗，瓦苏代瓦？"

瓦苏代瓦站起来。"夜深了，"他说，"咱们睡觉去吧。我不能告诉你'别的'，朋友。你将会学到，或许你已经知道了。瞧，我不是学者，我不擅长讲话，也不擅长思索。我只会倾听，只会虔诚善良，别的什么都没学到。要是我能说会道，可以指导别人，那我没准儿是个智者，可事实上我只是个船夫，我的任务就是送人过河罢了。我已经摆渡了许多人，成千上万的人，他们全都认为我这条河只是他们旅途上的障碍。他们旅行是为了挣钱和做买卖，还有去参加婚礼，去朝圣，而这条河正好挡在他们路上。船夫呢，就是要帮他们迅速越过这个障碍。但是，在这成千上万人中有几个人，不多的几个人，四个或者五个吧，这条河对他们来说不再是障碍，他们听见了河水的声音，他们倾听了它的讲诉，于是这条河对他们来说就变得神圣了，就像它对我来说变神圣了一样。不过，咱们还是歇着吧，悉达多。"

悉达多留在了船夫身边，跟他学习撑船，如果渡口没事好做，他就跟瓦苏代瓦去稻田里干活，或者拾柴火，或者摘芭蕉果。他学习做船桨，学习修破船和编筐，对学什么都兴致勃勃；就这么飞快地过了一天又一天，一月又一月。河水教给他的东西，可真是比瓦苏代瓦教的多。他不断地向河水学习。首先向它学习倾听，平心静气地倾听，以等待和坦诚之心倾听，不怀激情，不存热望，不做判断，不带见解。

他愉快地生活在瓦苏代瓦身边，两人偶尔交谈几句，话不多却都经过深思熟虑。瓦苏代瓦不喜欢讲话，悉达多很少能激起他谈话的兴致。

有一次，悉达多问他："你是否也向河水学到了那个秘密，就是时间并不存在？"

瓦苏代瓦露出爽朗的笑容。

"是的，悉达多，"他说，"你想讲的是不是：河水无处不在，在源头，在河口，在瀑布，在渡口，在急流，在大海，在山涧，到处都同时存在，因此对于它只有现在，而不存在未来的阴影？"

"是这样，"悉达多回答，"我弄明白这点后再看自己的生活，发现它也是一条河，少年悉达多跟成年悉达多以及老年悉达多，只是被影子隔开罢了，而不存在现实的间隔。悉达多先前的出生并非过去，他的死亡与回归梵天也并非将来。没有什么过去，没有什么将来；一切都是现实，一切都是本质和现时存在。"

悉达多侃侃而谈，这大彻大悟使他异常兴奋。噢，一切烦恼不就是时间吗？一切自我折磨和自我恐吓，不就是时间吗？一旦克服了时间，一旦从思想里摈除了时间，世间的一切艰难困苦、敌对仇视，不也一扫而光了吗？他说得兴高采烈，瓦苏代瓦只是容光焕发地望着他微笑，点头表示赞许；他默不作声地点了点头，用手摸了摸悉达多的肩膀，然后便转身做自己的事去了。

又有一次，当雨季河水猛涨，水流湍急，悉达多说："哦，朋友，河水有许多声音，非常多声音，不是吗？它是不是有国王的声音，有战士的声音，有公牛的声音，有夜鸟的声音，有产妇的声音，有叹气者的声音，以及千千万万种别的声音？"

"是这样，"瓦苏代瓦点点头，"河水的声音里包含世间万物的声音。"

"当你同时听到它全部的上万种声音时，"悉达多接着讲，"你知道它说的是哪个字吗？"

瓦苏代瓦脸上绽出了幸福的笑容，他俯身凑近悉达多，在他耳边低声说出了神圣的"唵"字。这也正是悉达多从流水中听到的那个字。

一次又一次，悉达多的笑容跟船夫的笑容越来越像了，差不多是同样容光焕发，同样喜不自胜，同样笑出了千百条细细的皱纹，同样天真纯朴，也同样和蔼慈祥。好多旅客看见这两个船夫都以为他们是兄弟俩。傍晚，他俩经常一起坐在河岸边的树干上，默然无语地倾听河水流淌；对他们来说，这不是流水的声音，而是生活的声音，存在的声音，永恒变化的声音。很多时候，两人在倾听河水时会想到相同的事，想到前天的一次谈话，想到一个长相和遭遇叫他们忘不了的船客，想到死亡，想到他们的童年；有时候，在河水向他们诉说美好事物的同一瞬间，他俩会四目相视，会心一笑，因为两人不约而同地想到了同一件事，因为相同的问题得到了相同的答案。

有些旅客感觉到，这只渡船和这两个船夫颇有些特别的地方。有时一位旅客盯着一个船夫的脸看上一阵，就开始讲自己的生活、自己的烦恼，坦陈自己的劣行，恳求给他安慰和忠告。有时一位旅客会请求跟他们共度一个夜晚，以便倾听河水流淌的声音。有时还跑来一些好奇者，他们听说渡口住着两位贤人，要不就是魔法师或者圣者。这些好奇的家伙提出许多问题，却得不到回答。他们既没见着魔法师，也没见着圣者，只见到两个和蔼可亲的小老头，他俩闷声不响，显得有些古怪和笨拙。好奇者们哈哈大笑，都说那些传播谣言的民众真是轻信和愚蠢。

过了一些年，再没人议论他们了。这时候来了一些游方僧人，一些佛陀乔达摩的弟子，他们请求摆渡过河去。两个船夫从他们口里得知，他们正心急火燎地赶回他们伟大的导师那儿，因为传说佛陀已经危在旦夕，即将实现解脱的涅槃。不久又来了一群游方僧侣，紧接着再涌来一群；这些僧人和大多数旅客一样，都是开口必谈乔达摩，谈他即将实现的涅槃。就像来赶军队出征或者国王加冕的热闹似的，人们从四面八方蜂拥而至，如蚂蚁般麇集起来，像是受到一股强大魔力的吸引，纷纷奔向佛陀即将涅槃的地方，奔向将有大事发生的地方，奔向一位世纪伟人即将圆寂之处。

悉达多近来经常想到这位垂危的尊者，这位伟大的导师，他的声音曾告诫民众，唤醒了千千万万人；悉达多也聆听过他的声音，也满怀敬畏仰望过他圣洁的容颜。悉达多亲切地怀念着佛陀，眼前历历呈现出佛陀走向完美之路，并含笑忆起当年年轻轻的他对佛陀讲过的那番话。他感觉那些话傲慢自负、老练圆滑，回想起来不禁哑然失笑。他早就知道自己无法跟乔达摩截然分开，可是又接受不了他的学说。不，一个真正的探索者，一个真正想有所发现的人，是不可能接受什么学说的。可是这个人一经有所发现，却可以称许任何学说、任何道路、任何目标，什么也不能把他与生活在永恒中的、呼吸着神的气息的千千万万人再分隔开来。

就在许多人都去朝拜垂危的佛陀的某一天，珈玛拉，当年那个美艳的交际花，也去了佛陀那儿。她早已摆脱了以往的生活，把自己的花园赠送给了乔达摩的弟子们，皈依了佛陀的学说，成了那些游方僧人的朋友和施主。听到乔达摩病危的消息，她就带着她的儿子小悉达多上了路，衣着简朴，徒步而行。她领着小儿子沿着河流前进，可小家伙很快便累了，想要回家，想要休息，想要吃饭，又哭又闹起来。珈玛拉只好跟他一起频频休息，孩子已经习惯了对她任性，她不得不给他东西吃，不得不哄他，骂他。孩子不明白，干吗要跟随母亲辛辛苦苦地赶路，要去一个陌生的地方探望一个陌生人，一个快要死去的圣者。索性让他死去得了，这跟他这个小孩子有什么相干？

母子俩已走到离瓦苏代瓦渡船不远的地方，小悉达多又一次逼着妈妈歇一歇。珈玛拉自己也累了，就趁孩子吃香蕉的工夫，坐在地上稍稍闭了闭眼睛。母子俩正歇着，突然珈玛拉发出一声惨叫，吓得孩子连忙瞧她，只见她惊慌失措，脸色惨白。从她的衣裙下面钻出一条小小的黑蛇，它咬了她后逃走了。

他俩赶紧往前跑，想找人救助。刚好跑到了渡船附近，珈玛拉往地上一倒，再也走不动了。孩子发出凄厉的喊叫，不时地亲吻和拥抱自己的母亲。她也跟着大声呼救，直至声音传到了正站在渡船旁边的瓦苏代瓦耳里。他迅速赶过来，抱起珈玛拉把她放到船里，孩子也跟着上了船，一会儿他们就到了茅屋；这时悉达多正在炉灶旁生火。他抬头看见男孩的脸，奇怪的是竟一下子想起了早已淡忘的往事。接着他又看见了珈玛拉，并且马上认出了她，尽管这时她正不省人事地躺在船夫的臂弯里。这下悉达多明白了，这男孩是自己的亲生儿子，他的相貌令他不禁想起自己的童年，于是胸中激动万分。

珈玛拉的伤口清洗干净了，然而已经发黑，身体也肿了起来。他们便给她灌了汤药。她恢复了知觉，躺在茅屋里的悉达多床上。深爱过她的悉达多俯身看着她。她觉得像是一场梦，含笑望着这个昔日恋人的脸，慢慢才意识到自己眼前的处境，想起她是被蛇咬了，便惊恐地呼唤她的孩子。

"他就在你身边，别担心。"悉达多说。

珈玛拉紧盯着他的眼睛。蛇毒使她全身麻木，舌头也不灵了。"你老了，亲爱的，"她说，"头发花白了。可你仍然像当年那个没有衣服穿、两脚满是尘垢地跑进花园来找我的小沙门。比起当年你离开我和迦马斯瓦弥出走时，现在你更像个沙门。你的眼睛仍像那个时候，悉达多。唉，我也老了，老了——你还认得我么？"

"我一眼就认出了你，珈玛拉，亲爱的。"悉达多笑笑说。

"你也认识他吗？"珈玛拉指指她的孩子说，"他是你的儿子。"

她目光变得迷离，合上了双眼。男孩哭了起来，悉达多把他抱到怀里，任他尽情哭泣；他抚摸着儿子的头发，看着他孩子气的面孔，想起了自己儿时学到的一段婆罗门祈祷文。缓缓地，用唱歌一般的声调，他吟诵起祈祷文来；从往昔和儿时，祈祷文一句一句流进他的记忆里。在他的吟诵的抚慰下，孩子平静下来，偶尔抽泣两声，接着便睡着了。悉达多把他放到瓦苏代瓦的床上。瓦苏代瓦正站在炉灶边烧饭。悉达多瞥了他一眼，他也冲他微微一笑。

"她快死了。"悉达多低声说。

瓦苏代瓦点点头，炉里的火光映照着他慈祥的脸。

珈玛拉又一次恢复了知觉。痛楚扭曲了她的面庞，在她的嘴上和苍白的双颊上，悉达多的眼睛读出了这痛楚。他静静地读着，专注、耐心地读着，把灵魂沉浸在了她的痛楚里。珈玛拉觉察到了，目光开始搜寻他的眼睛。

"现在我发现你的眼睛也变了，"她望着他说，"变得完全不一样了。我到底凭什么认出你是悉达多呢？你既是他，又不是他！"

悉达多无言以对，静静盯着她的眼睛。

"你达到目的了吗？"她问，"你找到安宁了吗？"

他笑笑，把手抚在她手上。

"我明白了，"她说，"明白了。我也会找到安宁的。"

"你已经找到安宁。"悉达多轻声说。

珈玛拉目不转睛地盯着他的眼睛。她想起自己本来是要去朝拜乔达摩，亲眼瞻仰佛陀的面容，呼吸他的宁静安详，谁知却找到了悉达多。这也好，跟见到佛陀一样好。她本想告诉他这个意思，可是舌头已不再受她支配。她默默地望着他。在她的眼睛里，悉达多看见生命之火渐渐熄灭。临终的痛苦充溢她的眼睛，她的肢体经受了最后一次震颤，悉达多用手指合上了她的眼睑。

他呆呆地坐着，凝视着珈玛拉长眠不醒的面容。他久久端详着她的嘴唇，她这衰老、疲倦、已经变薄的嘴唇，忆起自己正值青春年华时曾把这张嘴比作一枚新剖开的无花果。他坐了许久许久，盯着这苍白的面孔，盯着那些疲倦的皱纹。盯着盯着，仿佛自己也融合了进去，仿佛看见自己的脸也同样躺在那儿，同样苍白，同样没了生气，同时又仿佛看见自己的脸和她的脸依然年轻，依然嘴唇红润，目光炯炯。这种当前与往昔并存的感觉，这种存在永恒的感觉，渗透了他的整个意识。此刻他深深感到，比以往任何时候都更加深切地感到，每一个生命都不可摧毁，每一个瞬间都永恒长存。

他站起身，瓦苏代瓦已经给他盛好了饭。可是悉达多没吃。两个老人在羊圈里铺了一个草垫子，瓦苏代瓦躺下睡了，悉达多却走出去，在茅屋前坐了一夜。他倾听着潺潺的河水，往事一阵一阵冲刷他的心，一生的所有时光同时涌向了他，把他团团包围在中间。他时不时也站起来走到茅屋门边，听听孩子睡得怎么样。

一大早,太阳还没露头,瓦苏代瓦已走出羊圈,来到朋友身边。

"你没睡觉。"他说。

"没睡,瓦苏代瓦。我坐在这儿倾听河水的声音。它给我讲了许多,用有益的思想充实了我的内心,用和谐统一的思想充实了我的内心。"

"你经受了苦厄,悉达多,可我发现你心中并无悲伤。"

"是的,亲爱的,我干吗悲伤呢?我,过去曾经富有和幸福,现在更富有更幸福了。我得到了一个亲生儿子。"

"我也欢迎你的儿子到来。可是现在,悉达多,咱们去干活吧,要干的事多着呐。珈玛拉是在我妻子去世的那张床上合眼的,咱们也就在当年焚化我妻子的小丘上为珈玛拉垒起柴堆吧。"

孩子仍在熟睡,他们已垒起火葬的柴堆。

儿　子

男孩儿怯生生地哭着参加了母亲的葬礼。悉达多叫他儿子，说欢迎他跟自己一起住在瓦苏代瓦的茅屋里，他也是阴沉着脸，畏葸地听着。一连几天，他面色苍白地坐在安葬母亲的小丘旁，不肯吃饭，紧闭双眼，紧锁心扉，苦苦地与命运抗争。

悉达多心疼儿子，对他不加勉强，尊重他的悲哀。悉达多理解，儿子不认识他，不可能像爱父亲那样爱他。他渐渐发现，这个十一岁男孩是个娇生惯养的孩子，是妈妈的心肝宝贝，在富裕的环境里长大，吃惯了美食佳肴，睡惯了柔软床铺，习惯了对仆人发号施令。悉达多明白，悲伤的娇少爷不可能突然一下就心甘情愿满足于生活在这陌生、贫困的环境里。所以他不勉强他，而是做他的工作，把最好的饮食留给他。他希望友好而又耐心地慢慢赢得孩子的心。

孩子刚来到悉达多身边时，他曾称自己是个富有而幸福的人。随着时光流逝，孩子的表现仍旧陌生而阴沉，性情又自负又执拗，不肯干活，对老人全然不尊敬，还偷摘瓦苏代瓦树上的果子。于是悉达多开始意识到，儿子给他带来的并非幸福和安宁，而是烦恼和忧虑。可是他爱孩子，宁可忍受爱的烦恼与忧虑，也不要没有孩子的幸福和快乐。

自从小悉达多住进了茅屋，两位老人就分了工。瓦苏代瓦又独自承担起船夫的职责，悉达多则负责家里和地里的活儿，为的是跟儿子在一起。

悉达多等待了很久，等待了好几个月，盼着儿子能理解自己，能接受自己的爱，能对他的爱有所回报。瓦苏代瓦也等了好几个月，在一旁观望、期盼和沉默了好几个月。一天，小悉达多又犟劲儿发作，对父亲耍起脾气来，冲着他摔坏了两只饭碗。瓦苏代瓦看在眼里，晚上就把朋友叫到一边，跟他商议。

"请原谅，"他说，"我找你谈是出于好心。我看见你在折磨自己，我看见你很苦闷。你儿子叫你苦恼，亲爱的，他也叫我苦恼。这只小鸟过惯了另一种生活，住惯了另一种巢。他不像你，出于憎恶和厌倦逃离了富裕生活和城市；他是违背自己的心愿，不得已才抛弃这一切的。我问过河水，朋友，我问过它许多次。可河水只是笑，它笑我，笑我也笑你，被我们的愚蠢笑得浑身哆嗦。水喜欢跟水一起，青年喜欢跟青年一起，你儿子现在待的可不是利于茁壮成长的地方！你也去问问河水，听听它对你怎么讲吧！"

悉达多忧心忡忡地望着朋友和蔼可亲的脸，见他皱纹密布的脸上依然神情爽朗。

"我离得开他吗？"悉达多面露羞惭，小声地说，"再给我点时间吧，亲爱的！瞧，我正在争取他，正在争取他的心；我要用爱，用善意和耐心，将他的心抓住。有朝一日河水也会对他讲话，因为他也是应召唤来的。"

瓦苏代瓦的笑容越发温暖了。"噢，是的，他也是应了召唤。他也属于永恒的生命。可是你和我，我们究竟知不知道召唤他干什么？知不知道他该走什么路，该做什么事，该受什么苦？他的痛苦将不会小啊，他心高气傲，脾气倔强。这种人会吃很多苦头，走很多弯路，做很多错事，遭很多罪孽。告诉我，亲爱的：你不教育你的儿子吗？不强迫他吗？不揍他吗？不责罚他吗？"

"不，瓦苏代瓦，这些我都不会干。"

"这我知道。你不会强迫他，不会打他，不会命令他，因为你知道，柔能克刚，水可穿石，爱心胜过暴力。很好，我赞美你。不过，你所谓不强迫他，不责罚他，不是你的一个失误么？你岂不是要用爱心来束缚他？岂不是每天都在用好心和耐心令他羞愧，使他越发难受？你这难道不是强迫他，强迫这个高傲的、娇惯坏了的孩子接受我们这两个老头，跟我俩挤在同一间茅屋里，像我俩一样靠吃几根香蕉度日，把米饭都当作美食吗？我们的想法不可能是他的想法，我们的心衰老而宁静，走起路来样子也跟他不同。难道你想的一切还不是对他的强迫，还不是对他的责罚吗？"

悉达多愕然盯着地面。他小声问："你说我该怎么办呢？"

"送他回城里去，"瓦苏代瓦说，"送他回他母亲的房子里去，那儿还有仆人，把他交给他们。要是没有仆人了，就把他交给一位教师，不是让他受教育，而是让他跟其他男孩、女孩在一起，回到他的世界里去。这，难道你从来没想到过？"

"你真看透了我的心，"悉达多悲哀地说，"这我经常想到。可是你瞧，这孩子本来心肠就硬，叫我怎么能再送他回那样一个世界里去呢？他难道不会花天酒地，不会沉溺于享乐和权势，不会重犯他父亲的所有过失，不会也许完全沉沦在轮回里面吗？"

"问问河水吧，朋友！"船夫笑容灿烂，轻轻摸着悉达多的胳臂说，"你听，它正在笑你呐！你真的相信，你干了蠢事就能避免儿子干蠢事吗？你能保护儿子免受轮回之苦吗？到底怎么办？通过教诲，通过祈祷，通过劝诫吗？亲爱的，难道你完全忘掉了那个故事，那个当初你就在这里给我讲的一位婆罗门之子悉达多的故事，一个发人深省的故事吗？是谁保护了沙门悉达多，使他免于轮回，没有陷入罪孽、贪婪和愚昧？他父亲的虔诚，他那些教师的劝诫，他自己的良知，他自己的探索，这些能保护他吗？有哪个父亲，有哪个教师，能保证他不过自己的日子，不沾染生活的污秽，不承担自己的罪孽，不啜饮生活的苦酒，不自己寻找到自己的路呢？你难道相信，亲爱的，也许有谁能幸免于此？或许只有你的宝贝儿子是这样的幸运儿，因为你爱他呀，因为你想帮他免除烦恼、痛苦和失望呀？然而就算你为他死上十次，恐怕也丝毫改变不了他的命运。"

瓦苏代瓦还从来没说过这么多话。悉达多诚恳地向他道过谢，就忧心忡忡地走进了茅屋，但久久无法入睡。瓦苏代瓦说的那些话，他其实都想过，都知道。但那只是一种他无法做到的认知，因为他对儿子的爱，对儿子的柔情，还有他害怕失去孩子的恐惧，却比这认知更加强烈有力。从前，他可曾对什么如此痴迷过？可曾如此深爱过某个人，爱得如此盲目，如此痛苦，如此无望，却又如此幸福？

悉达多没法听从朋友的忠告，他不能放弃他的儿子。他任随儿子对他发号施令，任随儿子瞧不起他。他沉默和等待，每天都默默地进行善意的斗争，进行无声的耐力战。瓦苏代瓦也沉默和等待，友好、体谅和宽容地等待。在忍耐方面，他俩都是大师。

一天，孩子的脸使悉达多想起了珈玛拉，他不禁记起她很久以前对自己说过的一句话，一句珈玛拉还在青春年少时对他讲过的话。"你不会爱。"她对他说。他呢，同意她说的话，还把自己比作星星，把孩子般愚钝的俗人比作落叶，但从她那句话里，他还是听出了责备之意。事实上，他的确从来不能完全迷恋一个人，委身一个人，以至于忘掉自己，为了爱一个人而去做种种蠢事；他确实从来不能这样，而这，正如他当时感觉到的，正是他有别于那些凡夫俗子的重大差异。可是现在，自打他的儿子来了以后，他就完全变成了俗人一个，他为爱一个人受苦，为爱一个人痴迷，由于爱竟变成了傻瓜。现在，尽管迟了，他毕竟还是在生活中感受到了这种极其强烈的激情，极其稀罕的激情，因它深受其苦，苦不堪言，却又感觉幸福，感觉增添了一些活力，感觉更加充实了一些。

悉达多清楚地感到，这种爱，这种对儿子的盲目的爱，是一种激情，是一种人性的表现。它就是轮回，就是一注混浊的流泉，一汪幽暗的潭水。不过，同时他又觉得，它并非毫无价值，而是必不可少,它源于自己的天性。这种欲望也需要满足,这种痛苦也需要品尝,这种蠢事也需要干一干。

在此期间,儿子就让父亲干了蠢事,就让他讨好他,就让他每天对自己的坏脾气忍气吞声。这个父亲毫无任何让儿子佩服的地方,也无任何叫儿子惧怕的地方。这个父亲是位好人,是位善良、和蔼、温柔的人,或者是位虔诚的人,甚至是一位圣者——然而所有这些品德,都不能赢得孩子的心。儿子觉得父亲把他困在这可怜的茅屋里真是讨厌,他讨厌父亲,至于父亲对他的顽皮总是报以微笑,对他的谩骂总是报以友善,对他的恶行总是报以宽容,则正好被视为这个老伪君子最可恨的阴谋诡计。儿子倒宁愿被他恐吓,受他虐待。

一天,小悉达多的这种心思终于暴露,公开跟父亲干了起来。父亲分派他一个活儿,叫他去拾柴火。孩子却不肯出门,执拗、恼怒地站在屋里,脚跺着地,手攥成拳头,冲父亲劈头盖脸一阵吼叫,以发泄对老人的仇恨和蔑视。

"你自己去拾吧!"他气急败坏,"我才不是你的奴仆。我知道你不会打我,你根本就不敢!我可是知道,你想用你的虔诚和宽容不断惩罚我,让我自卑。你想让我成为像你一样的人,也那么虔诚,那么温和,那么明智!可我呢,你听着,为了叫你难受,我宁可做强盗和杀人凶手,宁可下地狱,也不做像你这样的人!我恨你,你不是我父亲,哪怕你当过我母亲十次姘头也不是!"

他满腔的愤怒与怨恨,以千百句粗野而恶毒的咒骂向父亲倾泻出来,骂完就跑掉了,直到深夜才回家。

第二天早上他又不见了。不见了的还有一个用两种颜色的树皮编成的小篮子，篮子里装的是两个船夫摆渡得来的铜钱与银币。小船也不见踪影，悉达多后来发现它泊在对岸。孩子逃走了。

"我得追他去，"悉达多说，尽管昨天他听了孩子那一通漫骂难过得直发抖，"一个小孩儿可不能独自穿过森林。他会丧命的。瓦苏代瓦，咱们得扎个筏子渡过河去。"

"那就扎个筏子吧，"瓦苏代瓦说，"也好把孩子弄走的渡船划回来。不过，朋友，你还是放他走吧，他不再是小孩子了，会知道想办法的。他要找到回城里去的路，他也做得对，别忘了这点。他做的恰恰是你自己耽误了的事。他想自己照顾自己，自己走自己的路。嗨，悉达多，我看得出你很痛苦，但是你受的这种苦却让别人感觉好笑，你自己过不久也会感到好笑。"

悉达多没有答话。他已经拿起斧子，动手用竹子扎筏子。瓦苏代瓦帮助他，用草绳把竹竿捆扎在一起。随后他们划向对岸，却让河水冲下去了很远，只好奋力逆流而上，才终于到了对岸。

"你干吗随身带着斧子？"悉达多问。

"咱们船上的桨可能已经丢了。"瓦苏代瓦回答。

可是悉达多明白他的朋友在想什么。他在想，孩子会把船桨扔掉或者弄断，为了报复，也为了阻挠他们追赶。果然，船里没有了桨。瓦苏代瓦指指船底，笑吟吟地望着朋友，好像在说："你没瞧出来吗，你儿子要跟你说什么？你没瞧出来吗，他不愿咱们追他？"不过，这话他并没有说出来。他动手制作了一支新桨。悉达多却向他道别，去追他逃跑了的儿子。瓦苏代瓦对他未加阻拦。

悉达多在森林里找了很久，才想到他这样找毫无用处。他寻思，孩子要么早跑得老远，已经回到城里，要么还在路上，那他一定会躲着他这个追踪者。他进而想到，自己也并不真为儿子担心；他内心深处知道，儿子既不会丧命，也不会在森林里遭遇危险。可是尽管如此，他还是不停地往前跑，不再是为了救孩子，而只是出于再见孩子一面的渴望。就这样，他一直跑到了城边上。

到了离城很近的大道上，他在那座原来属于珈玛拉的漂亮花园门口站住了。就是在这儿，悉达多第一次见到了坐在轿子里的珈玛拉。昔日情景又浮现在脑海，他又看见自己站在这儿，一个年纪轻轻的沙门，胡子拉碴，赤身露体，头发上满是尘土。悉达多伫立了很久，透过敞开的大门朝园内窥视，看见美丽的树影下走动着身着黄色僧衣的僧侣。

悉达多久久伫立着，沉思着，眼前掠过一幅幅画面，耳畔听见了自己的生活故事。他伫立了很久很久，望着那些僧人，可他看见的不是他们，而是年轻的悉达多，是年轻的珈玛拉在大树下走动的倩影。他清清楚楚看见自己怎样受到珈玛拉款待，怎样得到她的第一个吻，怎样自豪而又轻蔑地回顾他的婆罗门生涯，自豪而又急切地开始他的世俗生活。他看见迦马斯瓦弥，看见他的仆人们，看见那些盛宴、那些赌徒、那些乐师，看见珈玛拉养在笼子里那只会唱歌的小鸟。他再一次体验这一切，感受着轮回的滋味，再一次变得衰老和疲倦，再一次觉得恶心，再一次感受到寻求解脱的愿望，再一次多亏圣洁的"唵"才得以恢复健康。

在花园门口伫立了很久很久，悉达多才认识到驱使自己来到这里的那个愿望是愚蠢的。他没法帮助自己的儿子，他不该总是离不开他。他深深感到对逃走了的儿子的爱，觉得它就像自己内心的一道伤口，可他同时也感到，给他留下这伤口不是让他老去戳老去搅，它势必会开花结果，势必会光彩耀眼。

可眼下这伤口没有开花结果，没有光彩耀眼，悉达多因此很伤心。驱使他来这里追赶、寻找他儿子的目的已经落空，他悲哀地坐到地上，觉着心中有什么正在死去。他感觉心中一片空虚，不再有欢乐，不再有目标。他静坐着，等待着。这是他在河边学会的本领：等待，忍耐，倾听。他坐在尘土飞扬的大街上倾听，倾听自己的心疲乏而悲哀地跳动，等待着一个声音。他坐在那儿倾听了几个钟头，再也看不见那一个个景象，便陷入了空虚之中，再也看不到一条出路，只好听任自己沉沦。当他感到内心伤口灼痛，就默诵"唵"，以"唵"充实自己。花园里的僧人们看见了他，因为他已坐了好多个钟头，花白的头发落满了灰尘，于是有一个僧人走过来，在他面前放下了两个芭蕉。老人没有看他。

一只手碰了碰他的肩膀，让他从僵坐状态中惊醒转来。他马上认出了这触碰，这温柔而羞怯的触碰，神志就清醒了过来。他站起身，向走到他跟前的瓦苏代瓦问好。望着瓦苏代瓦和蔼可亲的脸，望着他脸上充满微笑的细密皱纹，望着他那明澈开朗的眼睛，悉达多也微微笑了。这时他看见了面前的芭蕉，递了一根给船夫，自己吃了另一根。随后他默默地跟着瓦苏代瓦返回了森林，返回了渡口。谁也没提今天发生的事，谁也没提孩子的名字，谁也没提他逃走了，谁也没触及这道伤口。回到茅屋，悉达多便往自己床上一躺；过了一会儿，瓦苏代瓦来到他身边，端给他一碗椰子汁，却发现他已经睡着了。

唵

过了很久，伤口仍然疼痛。悉达多时常摆渡一些旅客过河去，每逢人家身边带着儿子或者女儿，他总心生羡慕，总要想："这么多人，千千万万的人，都拥有这最最温馨的幸福——为什么我没有？哪怕是恶人，哪怕是窃贼，哪怕是盗匪，也都有自己的孩子，也既爱他们又为他们所爱，唯独我没有！"

如今他的想法就这么简单，就这么缺少理性，简直变成了跟那些凡夫俗子一模一样。

现在他待人接物跟以前不同了，不再那么精明，不再那么自负，而是热情了一些，好奇了一些，更关心人了一些。如今他摆渡普通旅客，也就是那些孩子般的俗人，商贩啊，士兵啊，妇女啊，不再像以前那样感觉陌生了：现在他理解他们，理解并分享他们那并非由思想和认识主导，而是仅仅由本能和欲望主导的生活，觉得自己已跟他们成了一样的人。虽然他的人生已接近圆满，身上还带着最近的伤口，他却似乎觉得这些俗人都是他的兄弟，他们的虚荣、贪婪和可笑对他已经失去可笑之处，而是变得可以理解，甚至可爱可敬了。一个母亲对自己孩子盲目的爱，一个自负的父亲对自己独生子的愚蠢而盲目的自豪,一个爱慕虚荣的年轻女子对珠宝首饰、对男人赞赏的目光盲目而疯狂的追求,所有这些欲望,所有这些幼稚表现,所有这些简单、愚蠢但又极为强烈、极为活跃、极为顽固的欲望与贪求,现在悉达多已不再觉得幼稚愚昧了;他看出人们就为这些活着,就为这些忙碌终日,四处奔波,相互攻击,彼此争斗,吃不完的苦,受不尽的罪,没完没了地烦恼;可他却因此爱他们,在他们的每一种激情和每一种行动中,他都看到了生活,看到了那种生气勃勃、坚不可摧的精神,看到了梵天。在盲目的忠诚、盲目的刚强和盲目的坚韧方面,这些人可爱又可敬。他们无所欠缺,学者和思想家完全不比他们高明,只是除了一件小事,唯一的一件区区小事,就是意识,就是对一切生活的统一性的清醒认识。悉达多有时甚至怀疑,对这认识、这想法是否能评价这么高,它没准儿也是思索者的一种幼稚表现,也是思考的俗人的幼稚表现呢。总之,在其他所有方面,凡夫俗子都与智者贤人不相上下,甚至常常远远胜过后者,正像在顽强而坚定地完成必须完成的行动方面,动物有时还会显得胜过了人类一样。

慢慢地,在悉达多心中,有一个认识,有一种学问,也就是智慧到底是什么的问题,他长期探索的目标是什么的问题,已渐渐开花,渐渐成熟了。它无非就是心灵的一种准备、一种能力、一种神秘的艺术,就是在生活中每时每刻都能够统一的思想,能够感受和吸纳这种统一性。这在悉达多心中慢慢开花了,在瓦苏代瓦苍老的娃娃脸上反映给他的就是和谐,就是对世界的永恒圆满的认知，就是微笑，就是统一。

可是伤口仍然灼痛，悉达多仍在苦苦思念他的儿子，仍在心中培育着他的父爱和柔情，任凭疼痛摧残自己的身心，干出种种爱的蠢事。这火焰是不会自行熄灭的了。

一天，伤口痛得厉害，悉达多熬不过思念之苦，就渡过河去，下了船打算去城里找他的儿子。时值旱季，河水轻盈地流淌，可水声却有点异样：它在笑哩！它清清楚楚地在笑。河水是在笑，是在清脆响亮地嘲笑这个老船夫。悉达多停下来，弯腰俯身到水面上，想听得更加清楚，却看见静静流淌的水面上倒映出自己的面孔。这张面孔使他忆起了什么，忆起了某些已经淡忘的往事，于是他思索起来，终于发现：这张面孔跟一张他熟悉、热爱但又畏惧的脸很相像。它很像他父亲的脸，那位婆罗门的脸。他回忆起多年前，他还是个年轻小伙子，怎样迫使父亲同意他离家苦修，怎样告别了父亲，离家后又怎样再也没回去。他父亲岂不是也为他忍受了同样的痛苦，就像他现在为他儿子所受的苦？他父亲不是早已经死了，孤孤单单地死了，再也没有见到自己的儿子？他自己何尝不会遭遇同样的命运？如此这般重复，如此这般在一个倒霉的圈子里奔跑循环，不就是一出喜剧，一件荒唐透顶的蠢事？

河水发出笑声。是的，就是这个样子，只要苦没受到头，只要还没有解脱，一切都会从头再来，会反反复复忍受同样的痛苦。悉达多重又上了小船，返回船夫的茅屋去。一路上思念父亲，思念儿子，遭受河水嘲笑，与自己争论，情绪濒于绝望，也同样很想大声嘲笑自己，嘲笑整个世界。唉，创伤还未痊愈，心还在同命运抗争，痛苦还没放射出喜悦和胜利的光辉。可是他感到了希望，一回到茅屋就产生了一种不可抑制的冲动，急欲向瓦苏代瓦推心置腹，敞开心扉，向他坦陈一切，把一切都告诉这位倾听大师。

瓦苏代瓦正坐在茅屋里编一只筐子。他不再撑船了，他的视力已经开始衰退，而且不仅是眼睛，他的胳臂和手也不行了。没有改变的，只是他脸上的欢乐，还有他光明磊落的善良。

悉达多坐到老人身边，慢慢开始讲述。讲他过去从来没有讲过的事情，讲他去了城里，讲他灼痛的伤口，讲他见到别的幸福父亲时心生嫉妒，讲他认识到那些愿望挺愚蠢，讲他徒劳地与它们进行斗争。他什么都讲，什么都愿意讲，哪怕是最最难堪的隐私他也能说出来，他什么都袒露无遗，什么都能兜底讲出来。他展示自己的伤口，也讲今天逃走的事，讲他这个幼稚可笑的逃跑者怎样过了河，怎样打算到城里去，以及怎样遭受河水嘲笑。

讲啊讲啊，讲了很久，瓦苏代瓦却不动声色地倾听着，让悉达多比以往任何时候都更强烈地感觉到他在倾听，使他觉得自己的痛苦、自己的忧虑向老人流过去了，他隐秘的希望向他流过去了，流过去了又再折返回来。他向这位倾听者展示自己的伤口，一如他们在河里沐浴，一直沐浴到浑身凉爽，与河水融为一体。如此一直不停地讲述着，坦白着，忏悔着，悉达多越来越感到听他讲的不再是瓦苏代瓦，不再是一个人；这个一动不动的倾听者吸收了他的忏悔，就像一棵树吸收了雨水一样；这个一动不动的倾听者就是河水的化身，就是神的化身，就是永生者的化身。当悉达多停止想自己和自己的伤口时，这种对瓦苏代瓦认知的改变便支配了他的意识。他越是感受到这点，越是深入其中，就越不觉奇怪，就越认识到一切都既正常又自然。瓦苏代瓦早就是如此，一直是如此，只不过是他自己没有完全认识到而已。是的，就连他自己也几乎没有什么两样。他觉得，他现在这样看老瓦苏代瓦就像老百姓看神灵，这可是长久不了的，于是他开始在心里向瓦苏代瓦告别。与此同时，他仍在滔滔不绝地讲述。

悉达多讲完了，瓦苏代瓦便用他亲切的昏花老眼望着他，没有说话，只是默默地向他传送来爱与快乐的光辉，表达出他对他的理解与体谅。他携起悉达多的手，牵着他来到河边那个老地方，和他一起坐下来，笑吟吟地面向河水。

"你听见河水在笑，"老船夫说，"可是你并没有听见一切。咱们再听听，你会听到更多。"

两人凝神细听。水声悠扬，宛如多声部的合唱。悉达多望着河水，流水映出一幅幅画面：出现了他父亲，他形单影只，因思念儿子而悲伤；出现了他自己，也孤孤单单，也为思念远方的儿子而苦恼；出现了他儿子，同样孤独无依，小小年纪就一个人在青春欲望的驱使下闯荡。各人有各人的目标，各人为各人的目标痴迷，各人有各人的困恼。河水忧伤而痛苦地吟唱着，满怀渴望地流向自己的目的地。

"你听见了吗？"瓦苏代瓦默默地望着他，似乎在问。悉达多点点头。

"再仔细听听！"瓦苏代瓦低声说。

悉达多更努力地倾听。父亲的形象，自己的形象，儿子的形象，交融在了一起，珈玛拉的形象也出现了，随后又变得模糊起来，还有果文达的形象、其他人的形象，全都混杂交融在一起，全都汇入了河水，随着河流一起奔向目标，热切地、焦急地、痛苦地奔向目标。于是河水的歌声充满了渴慕，充满了炽烈的痛楚，充满了无法满足的欲望。河水向着自己的目标奔去，悉达多眼睁睁地看着它匆匆流走。看着这由他、他的亲人以及他见过的所有人组成的河水，看着河水掀起的浪花，匆匆地奔向目标，奔向许多的目标，奔向瀑布，奔向湖泊，奔向急流，奔向大海，到达了所有的目标，在每一个目标之后又跟着新的目标。于是水变成蒸汽，升腾到空中，在空中变成雨再落下来，成为泉水，成为小溪，成为河流，再重新流淌，重新奔腾。但是那渴望的声音起了变化。它依然充满痛苦和渴慕，可是已掺和了别的声音，快乐的和痛苦的声音，美好的和邪恶的声音，欢愉的和哀伤的声音，成百种声音，上千种各色各样的声音。

悉达多凝神听着。眼下他已完全是个倾听者，已完全沉潜到了倾听中，身心一片虚空，全力吸收着声响，他感到这时自己已经把倾听学到了家。当初他也时常听到这所有一切，听到河里这许许多多的声音，但今天听起来却别有新意。他已经不再能区分这许多声音，不再能听见欢笑声与哭泣声、小孩的声音与男人的声音，它们全都混杂在了一起，渴望的怨诉和醒悟的欢笑，愤怒的叫喊和垂死的呻吟，全都混合为一体，相互渗透，相互交织，没完没了地缠绕、纠结在一起。一切一切全结合了起来，一切声音、一切目标、一切欲念、一切痛苦、一切喜悦、一切的善与一切的恶，全结合到了一起，就是这个尘世。一切结合在一起就成了这事件之河，就成了生活的交响乐。当悉达多全神贯注地倾听着这河流之声，倾听着这支包含千百种声音的交响诗，烦恼也罢，欢笑也罢，这时他的心便不会束缚于某一种声音，而是将他的自我融入了倾听之中，于是便听见了一切，听见了整体，听见了统一，于是这由万千声音组成的伟大交响共鸣便凝结成了一个字，这就是"唵"，意为：圆满完美。

"你听见了吗？"瓦苏代瓦的目光再一次问。

瓦苏代瓦笑容灿烂，满是皱纹的老脸容光焕发，宛如"唵"的光华浮荡在河水的所有声音之上。他笑吟吟地望着朋友，悉达多的脸上也同样漾起笑容。他的伤口开花了，他的痛苦放出了光彩，他的自我融入了统一中。

此刻，悉达多停止了与命运抗争，停止了烦恼痛苦。他的脸上绽放着睿智的欢乐，心中不再有不合时宜的愿望。它懂得了圆满完美，乐于顺应事变的河流，乐于顺应生活的潮流，满怀同情，满怀喜悦，热衷于流淌，隶属于统一。

瓦苏代瓦从河岸边站起来，注视着悉达多的眼睛，见他眼里闪耀着智慧的快意，便一如往常地小心而温柔地轻轻摸了摸他肩膀，说道："我一直就等着这一时刻，亲爱的。现在它终于来临，我可以走了。我等待这一时刻已经很久，久得跟我成为船夫瓦苏代瓦一样久。现在够了。再见，茅屋；再见，河流；再见，悉达多！"

悉达多向辞行者深深地鞠躬。

"我已经知道，"他小声说，"你要进森林去了？"

"我要去森林，我要融入统一。"瓦苏代瓦满面红光地说。

悉达多目送着他，见他意兴盎然地去了。他怀着深沉的欢愉和深沉的敬意，目送着老人远去，见他步态宁静平稳，头部华光四射，整个身体光芒环绕。

果文达

有一次途中休息,果文达跟其他僧人一起待在名妓珈玛拉送给乔达摩弟子的林苑里。他听说离此约一天路程的河边住着个老船夫,被许多人视为圣者。果文达渴望见到这位船夫,于是在继续朝圣之旅时选择了去渡口的路线。他虽说一辈子谨守教规戒律,也由于年高德劭而受到年轻僧侣敬重,但内心仍旧燃烧着不安与探求的火焰。

他来到河边,请求老人摆渡,随后在抵达对岸下船时对老人说:"你为我们出家人和朝圣者做了许多好事,摆渡了我们许多人。船家啊,你该不会也是一个寻求正路的探索者吧?"

"可敬的人啊,你自称是个探索者,"悉达多眼含笑意,回应道,"可是你显然年事已高,怎么还穿着乔达摩弟子的衣服呢?"

"我确实老了,"果文达回答,"但是我并没有停止探索。我永远也不会停止探索,看来这是我的宿命。还有你,我觉得也探索过。你愿意跟我说说吗,可敬的人?"

"要我对你说什么呢,可敬的师父?"悉达多问,"也许是要我说你探索得太多?还是说你只顾探索,却无所发现?"

"什么意思？"果文达问。

"一个人探索的时候，"悉达多说，"很容易眼睛只盯住他所寻找的事物，结果什么也找不到，什么也不能吸收，因为他总是想着要找的东西，因为他有一个目标，便受到这个目标的约束。探索意味着有一个目标，发现却意味着目光自由，胸怀坦然，没有目标。可敬的人呀，你也许事实上是个探索者，因为你努力追求自己的目标，可是却看不见某些眼前的事物。"

"我还是没完全明白，"果文达请求说，"你到底什么意思？"

"噢，可敬的人呀，"悉达多应道，"几年前你曾经到过这河边一次，在河边发现一个酣睡的人，就坐在他身边守护着他。可是果文达，你却没认出那个酣睡的人。"

僧人大吃一惊，像着了魔似的盯着船夫的眼睛。

"你是悉达多？"他声音怯怯地问，"这次我又没把你认出来！我衷心问候你，悉达多，再见到你真高兴！你样子没怎么变，朋友。这么说，现在你成船夫喽？"

"对，成了船夫，"悉达多亲切地笑了，"有些人嘛，果文达，就得变变样儿，就得穿各式各样的服装。我呢，就是其中一个。亲爱的，欢迎你，果文达，留下来在我茅屋里过夜吧。"

果文达当晚留在了茅屋里，睡在瓦苏代瓦原来睡的床铺上。他向青年时代的好友提了许多问题，悉达多得给他讲自己生活中的许多事。

第二天早晨，到了上路的时候了，果文达不无犹豫地说："在继续赶路前，悉达多，请允许我再提一个问题。你有一种学说吗？你有一种信仰或学问，一种你需要遵循的、能够帮助你生活和立身行事的信仰或学问吗？"

"你知道，亲爱的，"悉达多说，"当年我还是个年轻小伙子，咱们还在森林里跟苦行僧一起生活，我就开始怀疑种种学说和老师，并且离开了他们。现在我依然故我。不过，后来我又有过不少老师。一名美丽的交际花曾做过我很长时间的老师，还有一位富商也当过我的老师，当过我老师的还有一些赌徒。有一次，一个游方僧人也当过我老师；他在朝圣路上发现我在树林里睡着了，就坐在我身边守护我。我也向他学习，也感激他，非常感激他。但是让我学得最多的，是这条河，还有我的师父瓦苏代瓦船夫。他是个普普通通的人，这位瓦苏代瓦，他不是思想家，却像乔达摩一样知道必须知道的东西。他是一位完人，一位圣者。"

"嗨，悉达多，"果文达说，"你还总爱开玩笑，我觉得。我相信你，也知道你并没有追随任何一个老师。即便你没有找到一种学说，也未必没有发现某些思想和某些认识，它们适用于你，能帮助你生活。要是你能给我谈谈它们，会使我非常高兴。"

"我有过一些思想，对，时不时地也有过一些认识，"悉达多回应说，"有时我心中有所感知，在一个小时里或者一天里，就像心中感受着生命存在一样。可是有些思想我却很难向你传达。瞧，亲爱的果文达，智慧是无法传达的——这就是我发现的思想之一。一个智者努力表达的智慧，听起来总是很愚蠢。"

"你是开玩笑吧？"果文达问。

"不是开玩笑。我讲的正是我的发现。知识可以传达，智慧却不能。人可以发现智慧，可以体验智慧，可以享有智慧，可以凭智慧创造奇迹，却不能讲述和传授智慧。这便是我年纪轻轻有时候已经预感到，并驱使我离开了那些老师的发现。我发现了一个思想，果文达，它是我最好的想法，可是说出来你又会以为我在开玩笑，或者胡说八道。它就是：每一个真理的反面也同样真实！也就是说：一个真理如果是片面的，那就只能挂在嘴边不停地讲，不断地形诸文字。能够让人思考和能够言说的一切，通通都是片面的；一切都是片面的，一切都是半半拉拉的，一切都缺少完整性，都缺少圆满和统一。佛陀乔达摩讲经时谈到这个世界，不得不把它分为轮回和涅槃，分为虚幻和真实，分为痛苦和解脱。没有其他办法，想传道就只有这一条路。然而，世界本身，这围绕着我们和在我们内心的实际存在，从来也不片面。从来没有一个人，或者一件事，或者整个轮回，或者整个涅槃，是完全神圣的或者完全罪恶的。只是看起来像这个样子，因为我们被虚幻慑服了，以为时间是什么实在的东西。时间并非实在，果文达，这我一而再再而三地经历过。既然时间并非实在，那么存在于现世与永恒之间、痛苦与极乐之间以及恶与善之间的分野，也就是虚幻的错觉了。"

"怎么这样讲？"果文达胆战心惊地问。

"你听好了，亲爱的，听好了！我是一个罪人，你是一个罪人，可这个罪人有朝一日会再变成婆罗门，有朝一日会实现涅槃，会立地成佛——喏，你瞧：这'有朝一日'乃是虚幻的错觉，仅仅是个比喻罢了！罪人并不走在成佛的路上，并不处于发展之中,尽管我们的思维不能把事情想象成别的样子。不,在罪人的身上,现在和今天已经存在未来的佛,他的前途已经全都在这里。你得在他身上、在你身上、在每个人身上敬奉这个未来的、可能的、隐形的佛。果文达,朋友,尘世并非不圆满,或是正处在一条通向圆满的漫长道路上:不,它每一瞬间都是圆满的,一切罪孽本身都蕴含着宽恕,所有小孩本身都蕴含着老人,所有新生儿都蕴含着死亡,所有濒死者都蕴含着永生。没有一个人可以从另一个人身上看出他在自己的路上走了多远,强盗和赌徒有望成佛,婆罗门则可能成为强盗。在深沉的禅定中,有可能忘掉时间,把一切过去的、现在的和将来的生活通通视为同时,于是一切都善,一切都完美,一切都附属梵天。因此,我觉得存在即善,死即生,罪孽即神圣,聪明即愚钝,一切肯定皆是如此,一切都只需要我的赞成、我的同意、我的欣然接受,因此对我来说都好,都只会促进我,绝不会伤害我。我以自己的身体和心灵体会到,我非常需要罪孽,需要肉欲,需要追求财富,需要虚荣,需要最可耻的绝望,以学会放弃抗争,以学会爱这个世界,不再拿它与某个我希望的、我臆造的世界相比较,与一种我凭空想象的完美相比较,而是听其自然,而是爱它,乐意从属于它。哦,果文达,这就是我脑子里有过的一些思想。"

悉达多弯下腰,从地上拾起一块石头,在手里掂量了一下。

"这儿这东西是块石头,"他轻松地说,"它经过一定的时间也许会变成泥土,然后又从泥土变成植物,或者动物,或者人。要在过去我会说:'这块石头只是一块石头,它毫无价值,它属于玛雅女神的空幻世界；可是它说不定在变化轮回中也会变成人和精灵，所以我也赋予它价值。'过去我大概会这么想。但今天我却想：这块石头是石头，它也是动物，也是神，也是佛。我敬重它和热爱它，并非因为它有朝一日会变成这个或那个，而是因为它早就是这一切，一直是这一切——而且正因为它是石头，现在和今天在我眼前呈现为石头，我才爱它，才从它的每一条纹路和每一处凹陷，从它的黄色，从它的灰色，从它的硬度，从我叩击它时发出的声响，从它表面的干燥或潮湿中，看到价值和意义。有些石头摸着像油脂或肥皂，有些摸着像树叶，有些摸着像沙子，每一块都有其特点，都以特有的方式念诵着'唵'，每一块皆为梵，但同时又是石头，实实在在是石头，或油腻腻或湿乎乎，而正是这点让我喜欢，让我觉得奇妙和值得崇拜。不过，我就别再说了吧。言语有损于隐秘的含义，一说出来总会都变了样，都掺了假，都有些愚蠢——是啊，就这点也挺好，也令我喜欢，我也非常同意：一个人的珍宝与智慧，另一个人听起来却总觉得愚蠢。"

果文达默不作声地听着。

"你干吗给我讲这些有关石头的话？"过了一会儿，他才迟疑地问。

"没什么。或许我就是想说，我喜欢石头，喜欢河水，喜欢所有这些我们能够观察并向它们学习的东西。我可以爱一块石头，果文达，也可以爱一棵树或者一块树皮。这些都是东西，而东西是可爱的。但我不能爱言语。所以我一点也不在乎学说，它们没有硬度，没有软度，没有色彩，没有棱角，没有气息，没有味道，仅仅只有词语。或许正是它们，或许正是这许多话语，妨碍你得到安宁。要知道连救赎与美德，连轮回与涅槃，也仅仅是话语，果文达。世界上并没有涅槃这个东西，只有涅槃这个词。"

"朋友，涅槃不只是一个词，"果文达说，"它是一种思想。"

"一种思想，可能是吧。"悉达多继续说，"我得向你承认，亲爱的，我不大分得清思想和话语。坦白说，我对思想也不多么在乎。我更看重事物。例如，这只渡船上原来有个人是我的前辈和师父，是一个圣人，他多年来都单单信仰河水，别的什么也不信。他发觉，河水的声音在跟他说话，于是他向它学习，接受它的教导和指点，觉得这条河是一位神。可他却许多年都不知道，每一阵风，每一朵云，每一只鸟，每一个甲虫，也同样具有神性，也能像这条可敬的河流一样给他教诲。可是这位圣人进入森林之后就知道了这一切，比你和我知道得更多，无需老师，无需书本，只因为他信仰河水。"

"可是你所说的'事物'，"果文达问，"是真实的、实在的东西吗？它会不会只是玛雅的幻象，只是幻影和假象呢？你的石头，你的树，你的河流——它们真是现实存在吗？"

"这个我也不很在乎，"悉达多回答，"别管这些东西是假象，还是不是假象，我自己其实也是假象，因此它们始终都跟我一样。这就是它们令我喜爱，让我敬重的原因：它们都跟我一样。所以我能够爱它们。而这，也是一种你可能会笑话的学说：爱，果文达，我觉得是一切事物中最重要的。看透这个世界，解释它，蔑视它，这可能是思想家的事。可我所关心的，只是能够爱这个世界，不蔑视这个世界，不憎恨世界和我自己，能够怀着喜爱和欣赏以及敬畏之心，来观察世界，观察我和万物。"

"这点我理解，"果文达说，"可佛陀恰恰认为这是欺世之谈。他要求善良、仁慈、同情和宽容，却不是爱；他不允许我们的心因为爱而受到尘世束缚。"

"我知道，"悉达多笑容灿烂地说，"我知道，果文达。你瞧，咱们这又陷入了意见分歧的丛林，陷入言辞之争。我确实不能否认，我这些关于爱的言论与乔达摩的话有矛盾，但只是看起来好像有矛盾。正因如此，我才十分怀疑言辞，因为我知道这矛盾是个错觉。我知道我跟乔达摩的想法是一致的。怎么会连他也不了解爱呢？他洞悉人生的无常和虚妄，却依然如此热爱人，以漫长而艰难的一生全心全意帮助他们，教导他们！在他身上，在你这位伟大的导师身上，我觉得也是事实胜于言辞，他的行为和生平比他的言论更重要，他的手势比他的见解更重要。他的伟大，我认为不在于言论，不在于思想，只在于行动，只在于生活。"

两个老人沉默了很久。后来，果文达鞠躬道别，说："我感谢你，悉达多，感谢你给我讲了你的想法。你有一部分想法很奇怪，我一下子没全听明白。随它去吧，我感谢你，祝你生活平平安安！"

同时果文达心里却嘀咕：悉达多真是个怪人，说出来的全是些古怪想法，他那学问听上去傻里傻气。佛陀的精辟学说听起来就不一样，就明白、纯粹、易懂，没有一点奇怪、愚蠢或者可笑的东西。不过，悉达多的手和脚在我看来跟他的思想不同，还有他的眼睛、他的前额、他的呼唤、他的微笑、他的问候以及他走路的样子，也跟他的思想不同。自打我们的佛陀乔达摩涅槃之后，我再也没见过一个让我觉得是圣者的人！只有他，只有这个悉达多，我觉得是这个样子。尽管他的学说很怪，他的话听起来很愚蠢，可他的目光和他的手，他的皮肤和他的头发以及他身上的一切，都闪耀着一种纯粹，都闪耀着一种宁静，都闪耀着一种开朗、和善与圣洁的光芒；自打我们的佛陀涅槃以后，这样的情形我从未在其他任何人身上见过。

果文达如此想着，不禁心里很是矛盾。出于爱慕，他再次向悉达多鞠了一躬，向这个静静地坐着的人深深鞠了一躬。

"悉达多，"他说，"咱们都已经是老人，恐怕谁都很难再见到对方这个样子了。亲爱的，我发现你已经找到安宁。我承认，我自己没能找到。可敬的人呀，请再跟我说句话，送我几句我能掌握和理解的话，送我几句上路的临别赠言吧。我的道路，它常常很艰难，常常很幽暗，悉达多。"

悉达多缄默无言，面带同样平静的笑容望着他。果文达呆呆地盯着他的脸，心怀恐惧和渴望，目光流露出永远探索却永无发现的痛苦。

悉达多看出了这点，微微一笑。

"你朝我弯下腰来！"他轻声对果文达耳语，"朝我弯下腰来！这样，靠近些！再靠近些！亲吻我的额头，果文达！"

果文达感到愕然,但出于爱慕,也因为有所预感,还是听从了他的吩咐,弯腰凑近悉达多,用嘴唇亲了亲他的额头。谁知忽然就感觉出了奇迹。当时他的脑子还琢磨着悉达多的奇谈怪论,还徒劳、违心地努力超越时间观念,以便在想象中把涅槃与轮回合二为一,甚至对朋友的话的轻蔑还在他心里跟他对他深挚的爱慕和敬重进行斗争,就发生了这样的奇事:

他看不见悉达多的脸了,却看见其他一些脸,许多的脸,长长的一个行列,一条奔腾的脸的河流,成百上千的脸,全都来了又走,可同时又像全都仍然在那里,全都在不断地变化,不停地更新,却又全都是悉达多。他看见一条鱼的脸,一条鲤鱼的脸,无比痛苦地张大了嘴,一条垂死的鱼的脸,眼睛已经翻白——他看见一个新生婴儿的脸,红彤彤的,满是皱褶,哭得已经变了形——他看见一个杀人凶手的脸,见他正把一把尖刀刺进另一个人身体里——同一瞬间,他看见这个凶手被锁着跪在地上,脑袋正被刽子手一刀砍下来——他看见男男女女赤身露体,正以各种姿势疯狂做爱——他看见一堆直挺挺的尸体,无声,冰冷,空虚——他看见许多兽头,公猪的头,鳄鱼的头,大象的头,公牛的头,还有猛禽的头——他看见群神,看见了克利什那神[①],看到了阿耆尼神[②]——他看见所有这些形体和面孔之间发生千百种联系,相互帮助,相互爱护,相互仇恨,相互毁灭,又相互促使

[①] 印度教保护之神毗湿奴的化身之一。
[②] 印度神话中的火神。

新生，每一个都体现着死的愿望，体现着热忱而痛苦的对无常的信念，然而一个也没死，每一个都只是发生了变化，都总是获得新生，都总是旧貌换新颜，只是在新颜与旧貌之间，却未见时间的推移——因此所有这些形象和面孔，都静止着，流动着，繁殖着，漂向前方，涌流混合在一起；在一切之上，却始终笼罩着一层薄薄的、虚无的然而又存在的什么东西，像是一片玻璃或者冰，像是一层透明的皮，像是水形成的一只碗或者一个模子或者一张面具，这个面具带着微笑，这个面具正是悉达多微笑着的面孔，正是果文达刚刚用嘴唇吻过的那个面孔。于是果文达发现，这张面具的笑，这超越汹涌而来的芸芸众生的统一的笑，这等齐万千生死的统一时间的笑，这悉达多的微笑，正是佛陀乔达摩那始终如一的平静、文雅又捉摸不透的微笑。它也许善意，也许嘲讽，它聪慧明达，变化万千，就像果文达千百次满怀崇敬地亲眼看到的那样。于是果文达知道，大凡完人都这样微笑。

　　果文达不知道是否还有时间，不知道刚才这幻觉是持续了一秒钟还是一百年；不知道是否有一个悉达多，是否有一个乔达摩，是否有我和你；他内心深处好像被一支神箭射伤了，伤痛的味道却让他感觉甜蜜，内心深处像着了魔似的消解融化了。果文达继续站了一会儿，身子俯在悉达多平静的脸上，他刚才亲吻过的这张脸，这张刚才还是一切形象、一切未来、一切存在的活动舞台的脸。这张脸没有变化，它外表下面千变万化的深渊又闭合了起来。悉达多平静地笑着，轻柔而温婉地笑着，也许怀着善意,也许带着讽刺,跟他——佛陀的微笑一模一样。

果文达深深一鞠躬,不禁潸然泪下,泪水不知不觉淌过了他苍老的脸庞。在他心里,最诚挚的友爱之情和最谦恭的敬慕之情,如火焰般熊熊燃烧起来。他一躬到地,向端坐不动的悉达多致敬。悉达多的笑容让他忆起了自己一生中曾经爱过的一切,曾经视为珍贵和神圣的一切。

译余漫笔

以河为师　悟道成佛

　　应约重译眼前这本《悉达多》，不禁想起35年前翻译的《纳尔齐斯与歌尔德蒙》。不只因为作者都是瑞士籍的德语作家赫尔曼·黑塞，而且这两部作品之间确实有太多的相似。虽说《悉达多》是个"印度故事"，却跟《纳尔齐斯与歌尔德蒙》一样，讲的是一个禀赋非凡的年轻人成长、发展、成熟，通过毕生的探索、发现直至垂暮之年终于实现理想的漫长过程。两位主人公达到目的的途径都是背井离乡，只身到尘世流浪，体味人间的冷暖苦乐，品尝生活的酸甜苦辣，以求认识生命的本质和人生的意义。鉴于这样的内容，这两本书似乎都可以归为德语文学传统的"成长小说"（Entwicklungsroman），或者欧洲文学并不少见的流浪汉小说。

　　《悉达多》（1922）比《纳尔齐斯与歌尔德蒙》（1930）问世早八年。尽管两者之间的相似之处还可以说出许多，但更有意义的恐怕还是讲讲两者的差异和变化。黑塞给《悉达多》加了一个副标题Eine Indische Dichtung，此前的翻译、评介者——除了德语文学专业的张佩芬——大都译解为"印度故事"或者"印度小说",我则译作"印度诗篇"。不只因为Dichtung这个德语词的第一个和最主要的义项就是诗,还因为这部薄薄的作品其诗的品质明显多于小说,特别是往往为长篇的"成长小说"的品质。比较起来,《纳尔齐斯与歌尔德蒙》虽说也十分富有诗意,情节却要曲折婉转得多,描写也要细腻动人得多,人物形象也更加丰满,因而是一部很好看的富有诗意和浪漫气息的故事,所以黑塞称它为Erzählung(小说、故事)。相反,《悉达多》不论是语言还是表现手法,抒情成分都更重,尽管情节也有一定的故事性乃至传奇性,叙述描写却简约如同抒情诗或叙事诗,如同绘画的素描或速写,少有渲染铺陈,也缺乏细节描写,唯求情到意达为止。对此可用一个例子说明,即其第二部的《河岸》一章,主人公在克服自杀念头后,仅仅以一小段自言自语便概括了自己的一生:

> 少年时,我只知道敬神和祭祀。青年时,我只知道苦行、思考和潜修,只知道寻找梵天,崇拜阿特曼的永恒精神。年纪轻轻,我追随赎罪的沙门,生活在森林里,忍受酷暑与严寒,学习忍饥挨饿,学习麻痹自己的身体。随后,那位佛陀的教诲又令我豁然开朗,我感到世界统一性的认识已融会贯通于我心中,犹如我自身的血液循环在躯体里。可是后来,我又不得不离开佛陀以及他伟大的智慧。我走了,去向珈玛拉学习情爱之娱,向迦马斯瓦弥学习做买卖,聚敛钱

财，挥霍钱财，娇惯自己的肠胃，纵容自己的感官。我就这样混了好多年，丧失了精神，荒废了思考，忘掉了统一性。可不像慢慢绕了几个大弯子吗，我从男子汉又变回了小男孩儿，从思想者又变回了俗子凡夫？也许这条路曾经挺美好，我胸中的鸟儿并未死去。可这又是怎样一条路啊！我经历了那么多愚蠢，那么多罪恶，那么多错误，那么多恶心、失望和痛苦，只是为了重新成为一个孩子，为了能重新开始。然而，这显然是正确的，我的心对此表示赞成，我的眼睛为此欢笑。我不得不经历绝望，不得不沉沦到动了所有念头中最最愚蠢的念头，也就是想要自杀，以便能得到宽恕，能再听到"唵"，能重新好好睡觉，好好醒来。为了找回我心中的阿特曼，我不得不成为一个傻子。为了能重新生活，我不得不犯下罪孽。我的路还会把我引向何处？这条路愚蠢痴傻，弯来绕去，也许一直在兜圈子。

难怪黑塞称《悉达多》为Dichtung，即诗，而从《悉达多》到《纳尔齐斯与歌尔德蒙》，我们便可看出黑塞这位获得诺贝尔文学奖的小说大师的发展和成熟。

当然，《悉达多》与《纳尔齐斯与歌尔德蒙》更重要的差异还是在思想内涵方面，即前者的文化背景和意趣意旨为东方古印度的印度教-佛教世界，后者则为西方中世纪的基督教社会。对于印度教-佛教和佛学，笔者近乎无知，不敢在此胡说八道。有多篇《悉达多》的评论，都比较深入地分析阐释了作品中的佛理内涵，读者不妨找来慢慢参阅[1]。我这里只想提醒一点：学长张佩芬系我国黑塞研究的权威专家，她撰有长文评介《悉达多》，论述黑塞受中国文化和哲学特别是老庄道学思想的影响，分析阐释得具体、深入、细致，不啻为阅读理解《悉达多》这部"诗篇"的极佳引导。

她对主人公实现追求的途径下了一个"悟道成佛"的结论，在我看来正是一语中的，耐人寻味。她阐释说，悉达多"既从河水悟到万物之辗转循环，却又永恒不灭，即为自身之写照，开始领悟'道'即自身（和《娑摩吠陀》中'你的灵魂便是整个世界'所述意境完全同样）的真理，破解了自己思索半生的谜语，也就迈入了'成道'、'成佛'的正确途径。"[2] 我只想在"悟道成佛"之前加上"以河为师"四个字，以使悉达多悟道成佛之路更加具体、明晰，并且提醒一下印度民族原本也特别崇拜江河，小说中的无名长河自然会使人想到他们视为神圣的恒河，河上那位终生撑船渡人的船夫自然会使人想到普度众生的佛陀，而小说结尾主人公定居河边，志愿接替船夫的职责，乃是他成佛途径的具象表达。

既为诗篇，《悉达多》疏于情节的曲折跌宕和描写的细腻委婉，却富有诗意和哲理，在这点上仍可媲美后来的小说《纳尔齐

---

[1] 如张文江《黑塞〈悉达多〉讲记》，载《上海文化》2010年第2期。此外网上还有不少评论。

[2] 请参阅张佩芬《从〈席特哈尔塔〉看海塞的东方思想》，载《外国文学评论》1987年第3期。

斯与歌尔德蒙》。闪烁诗情和哲思光彩的美辞警句比比皆是，真是读来口舌生香，心旷神怡。关于宇宙人生、时间空间、来世今生、永恒无常、死生苦乐、家庭社会、男女之爱、亲子之情，等等，无不在这部篇幅十分有限的小说或诗里得到优美而智慧的表述，值得读者去一一发现，细细咀嚼，因此而获得阅读的愉悦，心灵的陶冶、净化。

再说说重译和译名的问题。

译林出版社计划在黑塞逝世50周年之际推出一套黑塞作品文集，邀请我翻译《悉达多》。接受这个任务时我十分犹豫，因为前面已经有两个严肃认真的译本。如我在另一篇《译余漫笔》中所说，"重译难免捡人便宜之嫌，影响自己的译家形象不说，还可能得罪同行朋友"。再说"重译这活儿本身也吃力不讨好，要面对一般人不理解的双重挑战：不仅得经受与原文的对照评估，还得经受与旧译的对照评估，新译不但必须有自己的鲜明特色，而且得尽量超过旧译，真是谈何容易……"

犹豫尽管犹豫，我还是不得不接受译林的盛情邀请，自己原本是它林子里的一只鸟、一棵树嘛，何况一再来电来函的编辑孙茜情词恳切！

为了应对挑战，不用说得跟通常一样好好研读黑塞的原著，除此之外还找来旧译做了一番比对，看看它们各有什么优点和不足，以确定自己接着往上攀登的目标和路线。实话实说，两部旧译都已达到相当的高度，要想超越、出新，实在不容易。

旧译之一题名为《席特哈尔塔》①，出自德语前辈和黑塞研究权威专家张佩芬先生之手。笔者早年曾得到过她不少的帮助，拙译《纳尔齐斯与歌尔德蒙》的译序就是请她写的。她的译文如同书名、人名都显示出她精通德语，译笔十分忠实于黑塞的原文，可也因此难免这儿那儿显露出拘泥的痕迹，一定程度上忽视了黑塞美文曼妙委婉的诗意。

旧译之二《悉达多》②情况相反。它系从英文本转译，译笔挥洒自如，诗意沛然——译者杨玉功很重视这一点——并且显示译者对佛学有较好的了解，然而不怎么经得起跟德语原文的比对。

两部旧译各有所长，但都可视为翻译文学的佳作，译者的辛勤劳动值得尊敬。

研读黑塞原著和两部旧译之后，我确定了自己的重译策略：在忠实原文的前提下，尽量使译文畅达、优雅、灵动，再现黑塞深邃而富有诗意的美文风采和风格。我很庆幸自己原本就倾心于这样的风格，自己的文笔也颇适合翻译这样的美文，翻译起来能产生共鸣，获得享受。以同样的文笔，我曾翻译《纳尔齐斯与歌尔德蒙》以及德国诗意现实主义代表人物施笃姆的小说，并都取得成功，赢得了读者的喜爱。坚守自己畅达、优雅、灵动的美文风格，是我重译《悉达多》的基本策略。

从两本旧译，我获益不少。遇到德语语言理解的问题，我便

---

① 参见《赫尔曼·黑塞小说散文选》，上海译文出版社，1985年。
② 参见《悉达多》，杨玉功译，上海人民出版社，2009年。

向张译请教；遇到跟佛教历史和教义有关的问题，便参考杨译。例如主人公的名字和书名，我便弃按德语音译的《席特哈尔塔》，而学杨译采取传统译法《悉达多》，还有佛陀的名字乔达摩也是。①不过其他人名我又采取音译，如将悉达多的好友译为果文达，而没有跟着叫乔文达，因为他并非历史人物，不存在传统译名。为慎重起见，我观看了根据《悉达多》拍成的同名电影，反复确认人们都叫他果文达而非乔文达。其他专有名词也是有传统译法就遵循传统，否则即作音译，在选字时尽量带一些印度味或佛味而已。

我对佛学一窍不通，虽为翻译而学了一下，但难免还会露出马脚。敬请专家特别是译者和读者不吝赐教。

2011年年末岁尾
成都府河竹苑

---

① 张文江在《黑塞〈悉达多〉讲记》里说："黑塞的构思很巧妙，他把释迦牟尼（Śākya-muni）的名字悉达多·乔达摩（Siddhārtha Gautama）一拆为二，一个是悉达多，一个是乔达摩。……释迦牟尼还是在家人的时候，他叫悉达多·乔达摩，悉达多是名，乔达摩是姓。……黑塞把释迦牟尼的故事一分为二，悉达多是未成就的人，乔达摩是一个已成就的人。悉达多走一条修行之路，回归乔达摩，实际上就是把两个人重新拼成一个人。"

图书在版编目（CIP）数据

悉达多：印度诗篇 /（德）赫尔曼·黑塞著；杨武能译. —北京：商务印书馆，2022
（杨武能译德语文学经典）
ISBN 978-7-100-21482-7

Ⅰ. ①悉⋯　Ⅱ. ①赫⋯ ②杨⋯　Ⅲ. ①中篇小说—德国—现代　Ⅳ. ① I516.45

中国版本图书馆 CIP 数据核字（2022）第 133005 号

权利保留，侵权必究。

杨武能译德语文学经典
悉 达 多
——印度诗篇

〔德〕赫尔曼·黑塞　著
杨武能　译

商　务　印　书　馆　出　版
（北京王府井大街36号　邮政编码100710）
商　务　印　书　馆　发　行
北京艺辉伊航图文有限公司印刷
ISBN 978 - 7 - 100 - 21482 - 7

2022年9月第1版　　开本 880×1230　1/32
2022年9月北京第1次印刷　印张 5 7/8
定价：39.00 元